U0014435

詭軼紀事
零
眾·鬼·閑·遊
記錄詭譎散軼的靈異故事之書
笭菁、龍雲、尾巴 Misa
御我、路邊攤

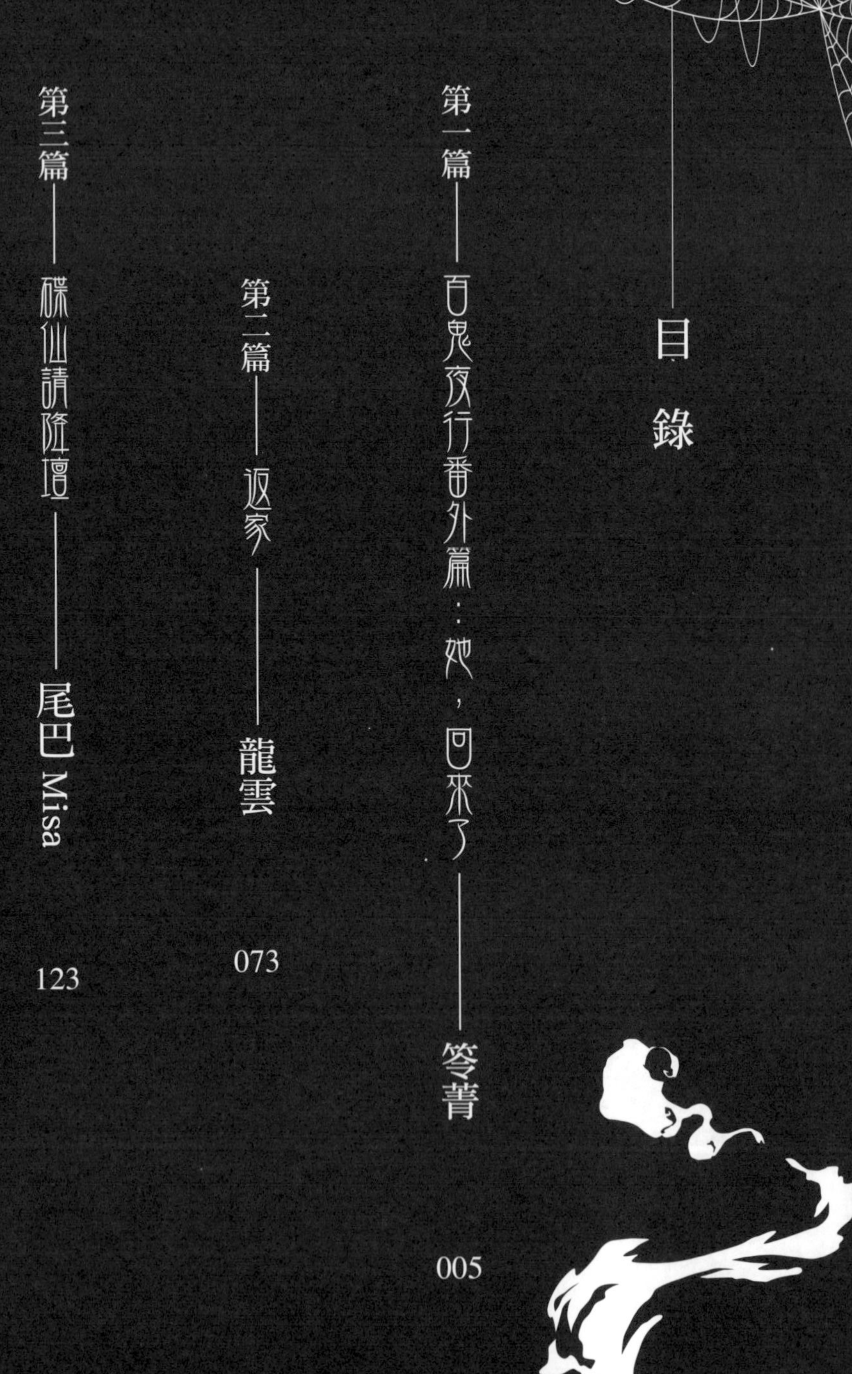

目錄

第一篇——百鬼夜行番外篇：她，回來了——笭菁 005

第二篇——返家——龍雲 073

第三篇——碟仙請降壇——尾巴Misa 123

第四篇——糖，或者，南瓜燈——御我 183
第五篇——我是恐怖作家兼夜班保全——路邊攤 239
後記——285

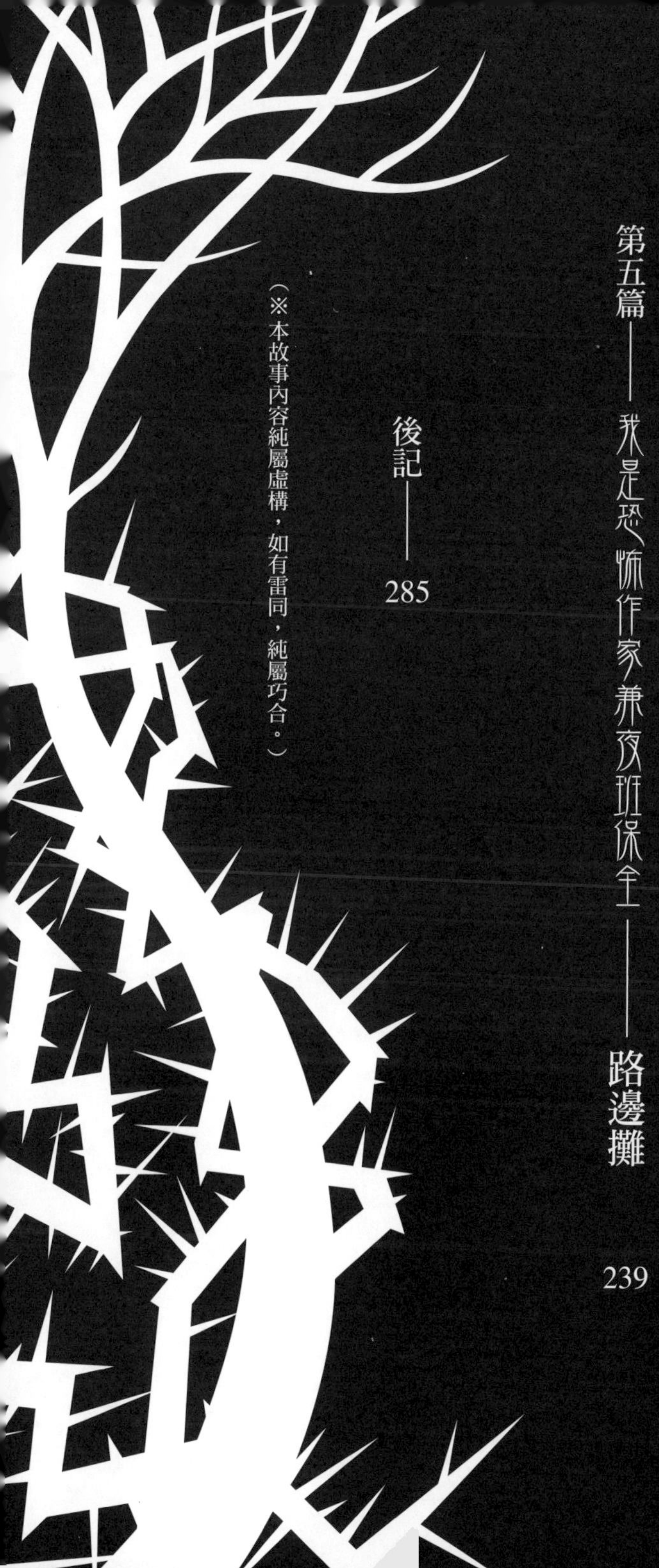

（※本故事內容純屬虛構，如有雷同，純屬巧合。）

第一篇

百鬼夜行番外篇：她，回來了

笭菁

車子在夜色中馳騁，刺眼的大燈劃開前方的黑暗，在某個瞬間瞧見在橋上晃盪的人影，嚇得車主用力鳴喇叭，差點沒滑掉方向盤，低咒了幾聲。

停電視線已經很差了，大橋上居然有人影大喇喇的在車道上晃？是不要命了嗎？

但大橋上現在一片漆黑，就算想從後照鏡看也瞧不清楚，但隱約可以看見有好幾人拿著手機，看來橋上不只一、兩人。後車跟得很緊，駕駛也不好停下，只好繼續駛離。

「好黑喔！」有個女孩趴在橋上，看著四周漆黑一片，別有一番趣味。

原本他們是想到橋上看著萬家燈火的夜景，誰料遇到了大停電，結果看見了徹頭徹尾的黑。

一絲燈光也無，這樣看過去別說下方的河川了，哪邊是河、哪邊是陸地，根本分不清！沒有光線，連要分辨物體都成難事，若不是車子們自帶車燈，他們只怕連車子都瞧不見了。

「好誇張喔！」染著灰紫色捲髮的女孩來回張望，「全部漆黑一片耶！」

整座城市都陷入大停電，沒有一區有燈光，所以他們站在橋上前後張望，什麼都瞧不見。

「這個夏天太熱了！」一個男孩伸了伸懶腰，不忘灌起手裡冰涼的啤酒，「誰能不開冷氣？跳電理所當然吧！」

旁邊另一個栗子頭男孩正滑著手機，察看最新消息，果然他們這區大停電，目前確定應該是電力負荷過大，電力公司那邊全跳電，目前尚無修復時間。

「看來大家都要度過一個悶熱的夜晚了！」男孩倒是有點愉快，「但我們在這裡卻可以享受涼風！」

張開雙臂向上，在橋上的風如此涼爽，他們可眞是來對一個好地方了。

「手機收起來嘛！」還趴在欄杆上的女孩手裡轉著酒瓶，「難得有這麼一個無光害的晚上！」

「好！」大家依言即刻收起手機，不過在收起前，有個人突然遲疑了幾秒。

「欸，我們好歹拍個合照吧？難得有這種機會！」另一個女孩說著滑開相機，「全黑的夜晚耶！」

「好哇好哇！」朋友們趕緊聚攏，爲首的女孩把相機交給了栗子頭男孩，「你最高，你拿啦！」

「好啦！這麼計較！」男孩接過手機，高舉起手，「來喔，預備備——」

刺眼的閃光燈啪的一聲，大家一邊哎唷的閉上眼，幾個人腳步不穩的往後退著，手機主人湊上前去，看著相片合不合格，說著再發給大家後，也把手機收了起來。

每個人手上都拿著啤酒，停在旁邊的機車前座還有一箱，他們剛才從酒吧出來，一群人喝得HIGH了，又去便利商店添購幾手，忘了誰說要就近找個看夜景的地方，就到了這大橋上。

「我說啊……」黑暗中，女孩的聲音因微醺而慵懶，「我們上一次這樣相聚是什麼時候的事了？」

站在她身邊的捲髮女生一抹苦笑，沒有回應的只是大口大口的灌啤酒，淚水在黑暗中流下，急著想把整瓶灌下去似的。

「好了！黃雨雯！妳喝這麼急做什麼！」男同學一把搶下她的酒瓶。

「走開！李成桓！」黃雨雯推開了男孩，踉踉蹌蹌的往左邊走去，「爲什麼我們這麼久才見？爲什麼這麼久才聚？你們一個個心知肚明！」

「喂！妳走路都不穩了！」李成桓追了上去，「去哪裡啊妳！」

「走開！這樣是不對的！我們……」黃雨雯醉茫的踉蹌，沒走兩步又給撞上扶欄。

「小心不要走到車道。」不遠處一個不想移動的男孩突然提高了分貝。與大家隔有一段距離的男孩燃起一根菸，耳上罩著黑色的耳機，他始終如此，無時無刻都在聽音樂，沒人看過他取下，平時淡漠，也不在意朋友間的吵鬧。

他今天其實有點厭煩來這裡，一年前這票人明明已經互相咆哮的說好此生不再相見，結果前幾天莫名其妙說一週年沒見了該辦聚會，一見面大家又神經兮兮！

一切，大概都是爲了今天唯一缺席的謝庭瑄吧。

嘩！一陣落水聲響，驀地劃破了平衡，所有人都瞬間停止了動作……扣掉那個隨著音樂在點頭的男孩。

沒幾秒又跟著傳來另一聲響，這重物落水聲太可怕，怎麼聽都不是普通東西掉落的聲音！

「怎麼回事!?」林語佳大聲尖叫著，從栗子頭男孩的左手邊倉皇奔跑向前，掠過他身旁時也引起他的注意。

「什麼東西掉下去了？誰？」醉酒的沈君玫瞬間醒了，也朝聲音聚集處奔去，「妳誰？報上名字！」

「我是林語佳！闞擎就在我們旁邊兩公尺！」

「我趙平倫……」栗子頭男孩緩步走來，趕緊拿出手電筒照明，「大家都在吧？葉貞茗！妳沒事吧？……黃雨雯呢？李成桓咧？」

葉貞茗呆站在欄杆邊，呆若木雞，臉色蒼白的瞪著橋下。

「葉貞茗！怎麼回事？」沈君玫走來扳過朋友的肩頭，「黃雨雯跟李成桓呢？」

闞擎總算意識到狀況不對，朝水面向下眺去，這麼高的橋，現在光線不足，手電筒怎麼照都見不著。

「兩個都掉下去了嗎？」闞擎平靜的說著，「誰負責報警，其他的人下去看看吧！」

「……噢！好！」趙平倫這才回過神，趕緊跟著闞擎身後跑去。

林語佳愣在原地幾秒，轉身推了沈君玫一下，「我去幫他們，這邊就妳跟貞茗負責行嗎？」

「可以！快去！」沈君玫向來做事明快，報警這種事不需要太多人。

林語佳跟上趙平倫去，這瞬間所有人都酒醒了，無一人有醉意，橋上的人行道邊還擺著大家的包包及物品；沈君玫不敢相信朋友怎麼會莫名其妙掉落？她趕著報警完畢，轉身追問葉貞茗。

「貞茗！到底發生什麼事了？」沈君玫搖晃著女孩，「好端端的爲什麼會兩個人掉下去？」

「我……我不知道……雨雯說要坐到欄杆上，我前一秒還扶著她，我只是手機震動一下，低頭去看而已……」葉貞茗皺著眉，回想著剛剛的情況，「我真的就只低頭一秒，就聽見落水聲……雨雯就不見了。」

「坐在這上面？」沈君玫有點不可思議，拍著橋上的石欄，「好，那李成桓呢？他跳下去救她嗎？」

葉貞茗點頭如搗蒜，沈君玫只感到一陣發涼，因爲在她印象中，李成桓水性沒有多好啊！而且這裡是……她眼尾瞥著橋頭，卻突然蹙起眉，拿著手電筒往前照……

滴答滴答，欄杆上竟然一片濕，水甚至多到往下滴落……她左顧右盼，現在又沒在下雨，上方也沒滴水，這片濕濡是哪裡來的？

「貞茗，這裡剛剛是濕的嗎？」沈君玟指著石欄上頭問。

「咦？什麼……」葉貞茗驚魂未定，呆然的看著那還在滴水的位子，跟著一凜，「……沒……雨雯剛剛就是坐在這、這裡……不可能是濕的啊！」

葉貞茗打了個寒顫，下意識退後一大步。

「是不是她……妳說是不是她？」她語焉不詳的哭喊著，「她那時就是——」

「閉嘴！閉嘴！」沈君玟忿怒的大吼，「妳在胡說什麼？她只是在某個地方好好活著而已，不要亂講！」

葉貞茗緊咬著唇，身子抖得像風中的殘葉似的，哭著把頭埋進沈君玟的手臂間，由遠而近的警笛聲響起，沈君玟沒有放下手電筒，盯著那濕透的石欄、不停滴落的水，還有地上那莫名其妙的水窪。

腦子還是忍不住想著：是妳嗎？庭瑄？

好幾支手電筒在橋底下亂照，橋下的遊民們均被剛剛的動靜吵醒，還幫忙指引方向，他們確定第二個人是在哪裡落水後，有人還想下水去找，但被趙平倫攔住。

「這麼黑，天曉得水多深？也可能有危險，我們等警察來吧！」他將熱心的遊民們拉回來，「知道他們在哪裡掉下去就行了。」

「這應該沒多深吧？為什麼沒有出來？」林語佳揪著心口，「雨雯為什麼要自殺？李成桓並不是很會游泳……」

「妳冷靜點！現在不知道狀況如何，不見葉貞茗都嚇呆了！」趙平倫趕緊安撫朋友，「說不定只是意外掉下去，不要扯什麼自殺！」

「她今天情緒很差，你不是看不出來！」林語佳又氣又急。

「我看今天沒人情緒好的吧？」闕擎聳了聳肩，涼涼補這麼一句。

趙平倫回頭略瞥了他一眼，說的是沒錯，但不必這麼直接吧！

闕擎站在岸邊觀察著，情況並不妙，先不管黃雨雯已經喝茫了，李成桓不擅長還是會游，不至於浮不上水面啊！橋下水位依然很高，因為上週暴雨，還沖下了一堆漂流木跟垃圾，該擔心的或許是撞到了下頭的垃垃或尖銳物吧？

趙平倫仍舊不停的拿手電筒往四處照，不想面對的回憶也漸漸浮上心頭……

「你們說……」

「是謝庭瑄嗎？」林語佳立即幽幽接口，「是不是她幹的？把雨雯推下來，再把李成桓……」

「她不會吧！李成桓不是喜歡她嗎？她不會對他下手的！」趙平倫連忙搖頭，他們記憶中的謝庭瑄不是那種人！

「但是她並不喜歡他啊！誰都知道李成桓是單戀！」林語佳嚷著，眼尾不經意的朝旁邊的闕擎看了一眼。

高挺鼻梁，黝黑深邃的眼睛，黑色的前髮自然的垂著，淺橘的唇瓣，全身散發高冷與神祕氣質的男孩……闕擎一直有種黑色貴族氣息，跟李成桓比起來，闕擎大大勝出啊！

只是闕擎，誰都不喜歡。

「兩位，」闕擎慢條斯理的開口，「你們說得好像……謝庭瑄已經不在似的？」

因為，他們的朋友、今天唯一缺席的人，只是失蹤人口而已。

「不……我不是那個意思！」林語佳緊張的辯解，但警車聲很快淹沒了她的聲音。

遊民們開始主動收拾東西，想爲現場搜查騰出空間，人人都很配合，而且相當熱心。

「我們上去吧！」闕擎邊說，一邊往上走去。

趙平倫本來用手電筒想替林語佳照路，卻赫然發現身邊有一排……腳印？

腳印很小巧，是踩過水的印子，奇怪的只有一個腳掌，前深後淺，就在他們身邊……趙平倫困惑的朝四周照了一圈，剛剛那位想下去救人的遊民有穿鞋啊！

再照到左方，該遊民雨鞋的鞋印還在地上未乾，而這單腳的腳印卻是在他們的右手邊前行，腳印方向是……繞著他們而走的！

趙平倫下意識拉了拉林語佳。

「妳看，」他指著地上的腳印，「還濕的，有人從水裡走出來嗎？」

「咦？是雨雯他們嗎？」林語佳第一時間想到落水的人，「不……不對啊，爲什麼腳印只有一個？」

那是左腳的腳印，只有一隻腳是濕的嗎？他們手電筒的光照在地上，跟著腳印一路走，那腳印先是往前走，左轉繞個圈又折返，林語佳及趙平倫亦同時後退，他們根本是在個一公尺的圈圈裡轉著。

圈圈外的闕擎看得饒富興味，這兩個在幹嘛？

警察走下來了，站在圓心中間的他們，看著足跡最後的腳印，是停在林語佳面前。

「沒有了？」趙平倫拉著林語佳再退後一步，「妳是不是有踩到？」

林語佳退後抬起腳，她腳下沒有任何足印。

換句話說，足印的主人，剛剛就站在她的……面前？足尖正面對著她！

但是剛剛他們在這裡忙時，根本沒有見到任何人在這裡行走啊……足印如此的濕，分明才剛印上而已……

她打了個寒顫，「趙平倫，那個……腳印的源頭在哪裡？」

趙平倫緊握著手電筒，蹙著眉回首，這足印不過十幾個，輕易的就能……燈光，落在陰暗的角落，水面還反射著手電筒的燈，波光粼粼。

源頭，在水裡。

「一定是謝庭瑄！」

才出警局，林語佳便失控的喊了出來。

警方通宵打撈，一開始光源不足，加上上週暴雨捲下太多東西，即使後來燈光架設好，打撈上依舊十分困難；在橋上等待的同學們隨著曙光乍現，一顆心幾乎都沉到水底。

水性再好，在水底六個小時要怎麼活？

「爲什麼要扯她？她只是失蹤而已！」沈君玫不高興的嚷著，不敢承認自己也想過。

「可是妳不是也覺得……橋上的水怪怪的？」葉貞茗哽咽的出聲，石欄莫名其妙出現的水，雨雯掉下去前明明都是乾的！

還有語佳口中的橋底濕腳印，都成了大夥兒心底的恐懼。

更何況，現在是鬼月啊！

「就算……眞的是庭瑄，她也沒理由傷害我們吧？」趙平倫蹙眉搖頭，「我們並沒有傷害她啊。」

是嗎？沈君玫暗自打了個寒顫，他們……真的沒有傷害她嗎？

「我累了，我想先回去睡覺，有事情再找我吧！」闕擎呵欠連連，他是最雲淡風輕的人了！

葉貞茗突然衝上前，冷不防的拉住了他，「闕擎！」

嗯？他疑惑的回首。

「你……你知道謝庭瑄怎麼了嗎？」她戰戰兢兢的看著他。

闕擎正戴著耳機，立即用一種睥睨的神態瞅著她。

「我怎麼會知道？」他毫不客氣，一旋身就甩開了抓握。

葉貞茗震驚的看著他，如果他不知道，那還有誰會知道啊！闕擎不是有時候可以看見那、個嗎？

「他不知道的話，是不是表示……」林語佳卻因此莫名的鬆了口氣，「庭瑄真的沒出事，因此他看不見啊？」

沈君玫有點不耐煩，「拜託，我記得闕擎之前就說過，他不是那種隨時隨地見得到的人好嗎！用這個當標準太沒根據了！」

這番話讓林語佳又緊張起來。

「好了，謝庭瑄的失蹤並不是我們造成的，她如果真發生什麼事，也不該是我們誰害的，我不相信好朋友會做出這種事。」趙平倫深吸了一口氣，「現在該煩惱的是雨雯跟成桓，怎麼會搞成這樣？」

落水的二人，大家心知肚明，只怕是凶多吉少了。

第一時間如果沒救上來，那存活率微乎其微，更別說他們幾個在橋上看見裡面太多雜物與漂流木，就算掉下去時活著，被這些東西夾擊衝撞，也……

現場陷入沉寂後，大家陸續道別，各自往自家的方向去，有人騎車、有人雙載，有人叫計程車，也有人前往地鐵站。

闕擎則走進了便利商店，一夜沒睡的他被折騰得累，他現在只想喝杯咖啡。

「美式中杯。」他站在櫃檯前，問著正彎著腰在底下收拾東西的店員。

「好的！美式中杯，熱的嗎？」女孩趕緊起身，闕擎當場就愣住了。

這是……好可怕的邪氣啊！他看著女孩身上包裹著的氣息，黑紫青色交雜著，他沒見過這麼複雜的氣，這也太邪了吧！

之前看過抓狂的厲鬼，也沒這麼多種啊！

「先生？熱的嗎？」女孩再問了一次，這個人怪怪的喔！

「我不……我不要了。」闕擎轉身就走，活像逃難似的！

嗯？女孩困惑的看著衝出店門的人，同事則從後面推著貨走出，「怎麼了嗎？」

「有個像嗑藥的傢伙怪怪的！」女孩聳了聳肩，「一大清早就遇到這種人！」

「眞的嗎？要小心耶！」同事趕緊上前，「他有對妳怎麼樣嗎？這種時候妳可以按鈴叫我出來，兩個人總是安全些！」

「沒事啦！」女孩巧妙的閃躲同事，她對這個同事沒什麼興趣。

沒辦法，她是個顏控，要嘛也要像剛剛那個男生一樣……五官立體好看，還有股貴公子的氣息，雖然帽兒蓋著頭，前髮也很長，但感覺就是帥！

唉，可惜腦子毀了，可惜喔！

闕擎朝地鐵站狂奔，一路上沒再見到什麼奇怪的東西，但剛剛那女孩身上的邪氣眞的讓他不寒而慄，嚇得他完全清醒！

到底是什麼東西在她身上啊……惡鬼？邪靈？那氛圍不只令他懼怕，還起了一股厭惡之感。今天到底是什麼日子？

「早知道就別跟他們聚了！」闕擎忍不住喃喃自語，就是跟這票人聚，硬要去謝庭瑄最後出現過的地方，才會有接下來一連串的——

放在褲子後口袋的手機突然降溫冰涼，活像是有水浸濕他的褲子似的！闕擎飛快的拿起手機，手機摸上去的確像浸過水，但實際上沒有一滴水珠。

「別煩我！」他厭惡的低語，「自己的事自己解決啦！吵死了！」

他低咒著把手機放入褲袋，他什麼忙都幫不上，要是全世界的鬼都來找他還得了！匆匆上了捷運，在門即將關上時，他瞧見了身邊的那雙腳，正拼命的滴著水。

唉！跟來了嗎？

「我沒有辦法幫妳。」他說著，「不要總想著要人幫忙，有本事請自己處理，沒本事也去找別人。」

衣角彷彿被人拉了拉，闕擎不回頭也不打算理睬，他總是可以開啟無視，拒絕這種愛纏人的亡靈……當然，凶惡版的他連回應都不敢，不讓對方發現他看得見才是王道。

拉衣角的動作有些熟悉，但不想去思考回憶。思緒如果沉浸在此，便容易被亡靈扯入。

他現在只想睡覺，等等回去路上買幾個罐罐，隔壁巷子的貓兒想必等了他一晚上，昨天沒來得及餵食，希望牠們別出事啊！

他不想再跟那些「朋友」扯上關係了，人際關係實在太麻煩，起初是爲了讓自己像個正常人才上網交朋友，搞社交圈，進而在桌遊社團裡認識這幾個人，再參加這莫名其妙的聚會。

後頭的滴水聲停了，車門開啓，闞擎走了出去。

昨晚的局是李成桓主揪的，因爲他們想懷念那個不知所蹤的同學……他其實連那女孩的長相都不記得了，不過倒是記得曾遇過她的父親，一看就不是什麼好東西的男人，當時也在找女兒。

人的一生中總是在尋找，尋尋覓覓，大家究竟知不知道自己在追尋著什麼？

總之有的人，就是找不著了。

她醒來時天已經黑了，林語佳睡眼惺忪的坐在床上，因爲昨晚通宵未眠所以睡得很沉，但心裡依然無法平靜，失蹤的謝庭瑄不但勾起她的擔憂，還勾起她的恐懼。

失蹤一年的人，她很難相信庭瑄安然無恙……昨天兩個同學在她最後現身的地方相繼落水後，也都下落不明，這怎能不叫人心慌？

她想問的是，爲什麼是現在？

腦子裡浮現鬼月的各種傳說，鬼月不該接近水，近水的話會被抓交替喔……

林語佳不安的起身，心不在焉的抓過浴巾便進入浴室洗澡，昨天折騰一夜眞的累死了，回來澡都沒洗直接倒頭就睡，現在肚子也餓得發慌，傳訊給男友請他買東西過來，清醒後的她不敢一個人待在家裡。

他們幾個都是同學，只有闕擎是外人，但是因爲長得好看，在桌遊社團中認識，進而成爲不太有聲音的一員。

比較要好的還是同班的六人，謝庭瑄是個很內向害羞的女孩，一開始是沈君玫看不慣她那種囁嚅瑟縮的神態，本來打算霸凌她打發時間。

大家還刻意設計到溪邊去玩水烤肉，謝庭瑄一開始就說不一定能去，就算能去也不敢下水，因爲她怕水；所以沈君玫跟林語佳，還主動親自去謝家，請她父親允許大家一同出去玩！然後沈君玫便打算在溪邊時推謝庭瑄下水，其他人再拍下她驚呼尖叫的窘態。

結果到了當天，她們兩個去一趟廁所後，沈君玫回來就變了！

不但沒有要逼謝庭瑄下水，還斥責原本要按原訂計畫行動的她們，搞得大家一頭霧水，爾後沈君玫還眞的完全沒有霸凌她，漸漸的大家也就跟庭瑄成爲朋友；現在回想，想霸凌人的念頭眞的很無聊，純粹「看不慣」？這理由很爛。

庭瑄是個很好的人，膽子是小了點，但是很善良，而且她雖然很怕事，但對於某些事的堅持，卻是硬得一步都不讓。

「她其實是個比我們想像都堅強的人。」一直喜歡她的李成桓這麼說過。

這麼堅強的謝庭瑄，卻在一年前失蹤了。

蓮蓬頭嘩啦啦的落下水來，淋濕著林語佳的臉與髮，她一直在想，謝庭瑄的失蹤跟「那件事」有沒有關係？

那是她意外發現的，她知道不該亂翻人家東西，但那天她去找謝庭瑄時，未掩的衣櫃裡有東西滾落，所以她才去偷瞄一眼……不小心看見了她放在衣服裡的錢。

高中生的他們，哪見過那一疊又一疊的千元鈔，她吃驚的翻看，雖然知道謝庭瑄有在打工，但怎麼會有十幾萬的現金？

可是她沒敢問，也沒跟任何人提過這件事——不，不對！林語佳突然睜開眼睛，心頭跟著一緊，不，她有跟一個人說過。

是李成桓。

「不可能啊，謝庭瑄頂多就只是藏錢，我也從沒有想拿那些錢。」林語佳喃喃說著，隻身站在乾濕分離的淋浴間裡，突然想到了至今下落不明的李成桓，「難道是李成桓？」

她是好奇跟李成桓提起這件事的，結果李成桓凝重的叫她保密，還絕對不能再對外說，一副嚴肅的模樣，當時她還覺得有點好笑！這種事本來就不可能隨便對外說，更何況她是偷看的耶！

她連要好的沈君玫都隻字不提，當時李成桓還丟了句：他會處理的。

處理什麼？林語佳現在才覺得那天的對話疑點重重，李成桓神情凝重，他彷彿在盤算其他事情，該不會……林語佳突然感到一股惡寒，想到謝庭瑄的失蹤，警方在橋上發現她擺放整齊的鞋子，但經過數天卻沒有打撈到任何人。

該不會是……謀財害命嗎？林語佳忍不住倒抽一口氣。

那至少是十幾萬的現金，她是不是告訴了不對的人？李成桓知道後，爲了那區區十幾萬，所以對庭瑄下手了！

大家都是朋友，他可以找一百種理由約庭瑄出來，然後把她推下橋……所以，一年後的今天，庭瑄的魂魄回來，要找害她的人算帳……啪！

浴室的燈光突然閃了一下，林語佳驚恐的抬起頭。

「咦？」熱氣氤氳的淋浴間裡滿是霧氣，燈光明顯降了一個暗度。

燈光開始間隔一至兩秒的明滅，這讓林語佳嚇得渾身發抖！她不敢動！也不敢出去……不會的！不會是——

在閃爍的燈光中，她隱隱約約看見淋浴間外，有影子在晃動。

「不不！不是我害妳的！」林語佳尖叫起來，「庭瑄，我、我我我是不小心看到的，我只有告訴李成桓而已！眞的！但我不知道他對妳做了什麼！」

她確定外面有人，而那絕對不是男友！因爲那道身影越來越近，幾乎都已經要在她淋浴間外了——啪！

一隻手磅的拍在她的玻璃上。

「哇呀——呀——」林語佳嚇得向後退，腳後跟卻一滑，直接朝後摔下去！

在摔下去的瞬間，她親眼看著那隻滿佈血絲的眼睛，從那掌印露出來的空間裡看著她。

磅！

不是她啊！

沈君玫站在樓下，看著擔架扛下覆著白布的屍體，腦袋一片空白，身邊的葉貞茗雙腳打顫，若非已確定這是起意外事故，她發抖到很像是畏罪的凶手似的！

林語佳的男友則臉色慘白的站在一旁，止不住淚水。

「沈君玫！怎麼回事？」趙平倫接到消息，這才氣喘吁吁的趕到，「語佳……呢……」

他邊問邊環顧四周，卻恰好看見扛上救護車的擔架……林語佳？

「她洗澡時跌倒……後腦杓直接撞上牆，受了傷。」沈君玫幽幽的說著，

「因爲水沒關，所以失血過多，等她男友到時已經來不……來不及了。」

「嗚……」葉貞茗咬著唇，被恐懼侵蝕，「這才不是意外，怎麼可能是意外！」

趙平倫蹙眉回頭瞪她，「什麼意思？」

「是她啊！」葉貞茗理智幾乎快崩潰，「怎麼辦？她一定會來找我……一定會……」

沈君玫倒抽一口氣，回頭不客氣的抓住葉貞茗掩嘴的手，凶惡的瞪著她，「妳什麼意思？妳對謝庭瑄做了什麼？認爲她會來找妳？」

不……葉貞茗頭搖得都快掉了，「沒、沒有，我什麼都沒做！」

「我的天哪！妳抖成這樣還敢說沒有？」趙平倫都瞠目結舌了，「妳到底知道什麼？」

「我……」葉貞茗嗚咽到腳軟，泣不成聲，「我眞的不知道她會跳下去！我眞的沒想到——」

「誰？」沈君玫疑惑的問，葉貞茗只是不停的哭泣，「誰跳下去了？跳什麼啊？」

她這個人天生沒耐性，氣急敗壞的拽著葉貞茗離開，她這樣哭哭啼啼，根本什麼都交代不清，還引來一堆側目！趙平倫一邊要安撫葉貞茗，一邊還得拜託沈君玫冷靜，君玫一直是個性子剛烈的女孩，常常控制不了情緒，但這樣只會嚇到膽小的貞茗而已。

最後大家來到葉貞茗的宿舍，好不容易等所有人都平靜下來後，葉貞茗才紅著眼睛，從書櫃裡拿出了一本筆記本。

「我覺得……雨雯是自殺的。」她抱著那本筆記本，哭哭啼啼的說著，「她覺得，庭瑄是她害的！」

同樣坐在地墊上的兩個同學先是有點懵，一時無法理解她說的話，幾秒後才異口同聲的蛤了聲：「什麼！」

「大家都知道吧？雨雯一直很喜歡李成桓啊，可是李成桓喜歡的是謝庭瑄。」葉貞茗哀怨的看著同學們，說到這件事，大家也只能長嘆！也不過幾個人的小團體，竟也上演愛人的不被愛、被愛的不愛人這種戲碼。

「對，我們都知道，但感情這種事不能勉強。」趙平倫語重心長，「大家也不好說什麼。」

「妳意思是，因爲李成桓不喜歡她，所以她選擇一年後，在今晚重聚時跳下橋嗎？」沈君玫覺得這才莫名其妙。

「不是，謝庭瑄失蹤後，李成桓更不可能喜歡她了，但是……」葉貞茗顫抖著手，遞出了紀事本，「謝庭瑄喜歡的是闕擎，這件事大家也清楚。」

沈君玫伸手接過了紀事本，翻開來看時嚇了一跳，是黃雨雯的字跡。

「這年頭還有人在寫日記喔？」沈君玫詫異得很，她握筆寫字都嫌懶了，「她寫了……咦？」

定神一瞧，字跡竟不只一人，往後翻閱，是兩個人的字跡交錯，一人一天……等等，這個是——

「交換日記？」趙平倫一眼就認出了另一個人的字跡，「她跟謝庭瑄交換日記？」

葉貞茗點了點頭，趨前翻到後面的頁數，那幾乎已是倒數的頁數了，「她們兩個私下有在玩交換日記，但都沒跟大家說，是這次要聚會前，雨雯聯繫我時才提起。」

一路翻到了倒數幾頁，雙方的口氣都不是很好，謝庭瑄的日記篇幅很短，看起來很敷衍，而黃雨雯寫的則是……

「都快畢業了，我也不想瞞妳，我跟闕擎其實在一起……什麼？」沈君玟一邊唸一邊驚呼出聲，詫異的看向葉貞茗，「闕擎跟黃雨雯在一起？真的假的？我們怎麼看不出來？」

「闕擎不是Gay嗎？」趙平倫更加驚爲天人！

哈啾！遙遠在房間裡的闕擎莫名其妙打了個噴嚏。

「他是Gay嗎？我不知道耶！」沈君玟立即看向趙平倫，這又是一個震撼消息，「他長得是很帥，冷冷的，但他不太說話啊……不對，他到底什麼時候跟黃雨雯在一起？今晚雨雯掉下去時，他冷靜得不像是男朋友的模樣吧？」

「不對……他一直不理會謝庭瑄的告白，是因爲黃雨雯嗎？」趙平倫認真的回憶起大家之前的相處，眞的完全看不出來！「也僞裝得太好了吧？」

葉貞茗抿著唇，搖了搖頭，「不是僞裝，是因爲……他們根本沒在一起。」

兩個正激動的人兒又是一愣，今天是什麼日子，雲霄飛車這樣上上下下的，心臟很難受啊！

「到底在幹嘛！」沒耐性的沈君玟又爆了，「一口氣給我說清楚！」

「就因爲李成桓太喜歡謝庭瑄，所以拒絕了黃雨雯，可你們都知道庭瑄只喜歡闕擎，這導致雨雯氣不過，最後故意編出謊話，就是爲了傷害庭瑄！」葉貞茗邊說邊哭了起來，「這篇日記交換後……沒兩天謝庭瑄就失蹤了啊！那座橋上擺著她的鞋子，她一定是跳下去了！失戀很容易做出傻事的，那之後雨雯一直認爲，是因爲她編的謊言害得庭瑄自殺了！」

一年前謝庭瑄失蹤後，他們的友情就此中斷，大家潛意識都不想再見面。

這次的聚會是沈君玫提議，由李成桓出面召集，沈君玫覺得失蹤的人就過去吧，大家不該因此停下腳步，所以一年後相約重聚，才讓幾乎沒聯繫的大家恢復聯絡！

就在聚會前兩日，黃雨雯帶著日記找到葉貞茗，哭著說她知道謝庭瑄不是失蹤，只怕是心碎的自殺，而她就是凶手！

趙平倫腦子一片混亂，想起昨夜黃雨雯喝得毫無節制，像是刻意把自己灌醉，整場聚會鬱鬱寡歡，就是因爲這樣嗎？

「爲什麼要搞這種事啊？就因爲闕擎不喜歡她？」沈君玫還是覺得不對，「但就算闕擎眞的跟黃雨雯在一起了又怎樣？庭瑄就爲這樣自殺？這不像我認識的謝庭瑄，她都遭遇過──」

話及時收住，沈君玟臉色怪異的收了聲。

「因為這是最後一篇日記，謝庭瑄沒辦法再寫了！妳看日期。」葉貞茗指向了日期。

是謝庭瑄失蹤的前一天。

她失蹤得實在太劇性，警方在那座大橋上、也就是黃雨雯他們昨天落下的地方，找到了謝庭瑄擺放整齊的鞋子，鞋尖朝護欄，現場沒有包包，連封遺書也無，就只有一雙鞋，她就這樣人間蒸發。

依照現場情況，所有人都認為她跳下去了，因此警方才會展開打撈，但打撈了半個月，卻什麼都沒找到……那人呢？她赤著腳走去哪裡了？她也沒回家啊！

那時黃雨雯已經收到日記本，趙平倫翻到最後一頁，抖大的兩個字：再見。

「我……也不太相信。」趙平倫幽幽的說著，「她的堅強是你們無法想像的。」

沈君玟突然一驚，立即表示同意，「我也是！我不信！」

兩個人對視，眼神裡交換著某種不該說、但你知道的訊息……突然一種瞭然於胸的情緒湧起，趙平倫凝重的放下日記本，皺著眉看向沈君玟，「妳該不會……也知道……」

「咦？」沈君玫吃驚得瞪圓雙眸，「你也──？」

一旁的葉貞茗還掛著淚水，看著眼前兩個同學的話中有話，卻摸不著頭緒，「什麼？知道什麼事嗎？」

沈君玫遲疑良久，才深吸了一口氣，接著彷彿要宣告什麼似的正襟危坐。

「好，現在說出來也沒差了！」沈君玫語出驚人，「謝庭瑄之前曾問了我，關於我老家有什麼適合打工的地方，以及可住宿的地點。」

沈君玫的老家非常偏遠，別說跟城市有關了，是個小鎮小村，都是大家拼命往城市找工作，根本很少人會回去。

趙平倫雙眼一亮，「果然啊……」

「喂，果然什麼啊！我都說了，換你了！」沈君玫不爽的推他一把。

「好，我發現謝庭瑄在斷後。」趙平倫也無奈的接了口，事已至此，說出來的確沒有差別了，「類似『身分死亡』。」

「身分……死亡？」葉貞茗不懂。

「類似將過去的所有身分斬斷！她甚至改了名字，換掉很多資料。」趙平倫一聲長嘆，「她就算沒失蹤，應該也是在那幾天離開吧！」

沈君玫握了握拳，「是啊，與其等待別人救援，不如靠自己！」

葉貞茗完全聽不懂，她拼命的搖著頭，「什麼意思？你們到底在說什麼！爲什麼她要……說得像她要逃離什麼似的？」

沈君玫與趙平倫同時望向她，「妳眞的沒注意到，謝庭瑄身上的傷嗎？」

她身上總是帶著傷，青一塊紫一塊，胸前更是全是被燙得慘不忍睹的菸疤，這就是爲什麼當初沈君玫突然放棄推她下溪水的主因。

意圖惡作劇那天，她本刻意問謝庭瑄有沒有穿泳衣，拉扯間卻看見她胸前的疤痕、腹部的割痕，瞬間知道了她是飽受家庭暴力的一員，只怕在更多看不見的地方，還有更多、更難啓齒的傷口。

所以她立刻放棄霸凌謝庭瑄，反而選擇保護她，有事沒事帶著大家去她家，好好看看那個人渣父親，也不只一次暗示謝庭瑄，可以打家暴電話請求幫助。

但是謝庭瑄總是說，她快十八歲了，她可以靠自己的力量度過一切，她自己會處理。

「我幫她找便宜的租屋處管道後，讓她自己去找，我覺得要斷絕一切就要乾淨，不該有任何人知道她的事。」沈君玟苦笑著。

「我是發現她改名字，也辦了新門號！我有學長在通訊行打工，有天我見到她從那邊離開，跟我學長閒聊時，學長就說剛剛出去那個不叫謝庭瑄，我就意識到不對勁了。」

畢竟，改名字這麼重大的事情，謝庭瑄隻字未提。

「我原本以為她的失蹤是障眼法，說不定她早就離開了，刻意演一齣失蹤劇碼騙大家，我還特地回老家去找過……」沈君玟難掩失落，「我試著找了一輪，但她似乎沒有去……」

謝庭瑄就是切切實實的失蹤了。

沈君玟心底其實更希望謝庭瑄去了別的地方，連她都瞞，徹底與過去斷絕關係，而不是下落不明，反正死未見屍，她便這麼相信著。

趙平倫亦眉頭深鎖，原來不只他一個人發現謝庭瑄被家暴，也隱約察覺到她要逃離這裡，斷絕過去，躲開那個人渣父親，但是……如果她最後沒有去展開新生活的話，那她去了哪裡？

「等等，」沈君玟突然抬首，「那這跟林語佳有什麼關係？」

如果謝庭瑄已身故，林語佳是那、個害死的話，難道——是她害死庭瑄？

餘音未落，葉貞茗房內的燈跳了一下。

「咦？」葉貞茗驚恐得跳了起來，「什麼？什麼啦！」

「呃……」趙平倫看向頭上的燈，「妳不要這麼緊張，就只是電壓不穩而已。」

葉貞茗恐懼得猛搖頭，「我我我……我家這邊從來沒有電壓不穩過……」

「不要在那邊自己嚇自己！我們又沒對庭瑄怎麼樣！」沈君玫沒好氣的白了她。

咚！餘音未落，葉貞茗家的櫃子上有東西突然掉了下來。

「哇——我沒有！我不知道！」葉貞茗即刻尖叫的摀起耳朵，拼命往沈君玫這邊躲，「不要來找我！」

葉貞茗的敏感也讓其他兩個人覺得不安，沈君玫推開了她，叫她冷靜一點，別搞得草木皆兵似的！

「妳有害謝庭瑄嗎？妳做了什麼嗎？在那邊心虛什麼？」沈君玫筆直走向櫃子，看向地板掉下的紀念品。

這個紀念品他們大家都有，因為前兩年那座大橋整修完畢，開幕那天現場有路跑活動，大家一起參加並均獲開幕紀念品。

妥妥的重新擺好它，沈君玫感到幾分惆悵，往事歷歷在目，一切卻物是人非。

「可是……」葉貞茗都哭出來了。

沈君玫不耐煩的旋身，才要開口說話——咚！物品掉落聲再度從她身後傳來。

這次，沈君玫僵直了身子，面對著眼前也坐直身子的趙平倫以及瞪大雙眼的葉貞茗，她知道……又是那個東西掉了。

她剛剛擺得非常好，沒靠近外緣，也擺放得平整，若非有外力的話，根本不可能會掉落……問題是，是什麼外力？

還沒來得及細想，整個櫃子居然開始劇烈晃動，所有東西咚咚咚的往下掉！

「哇呀！」葉貞茗再也忍不住，爬起來就往外衝。

「貞茗！妳別慌！」趙平倫大喊著，但也已經跳起身了。

葉貞茗手忙腳亂的打開門，結果一時忘記自己根本沒上鎖，反而又鎖了一次，越恐懼越急，越急越亂，好不容易終於拉開門——一股強大的力道卻直接從屋外，把她的門拉上了！

磅！門把從葉貞茗的手心滑走，重重的關上，她完全傻在原地。

沈君玫跟趙平倫也沒有比較安心，他們都親眼看見不明力量「奪門而閉」的景象，這不可能正常啊！

整間屋子的燈光開始顫動，沈君玫終於忍不住回身，察看屋子的每一個角落。

「……謝庭瑄？是妳嗎？」她忍著恐懼開口問了，「或者……你是什麼人？我們有話好好說！」

桌上那本日記突然自動迅速的翻閱起來，紙張獵獵作響，嚇得三人紛紛退後，遠離桌邊，但現在又沒勇氣奪門而出……天曉得外面有什麼啊！

日記本的翻閱沒有停止，趙平倫身爲男孩子只好擋在前方，葉貞茗歇斯底里的尖叫不停，大家嚇得一顆心都快爆掉了！

嘩！此時此刻，廁所裡水龍頭的水開了。

連尖叫的葉貞茗都停住，所有人看向小套房裡的洗手間，就在室內的燈顫動且漸暗時，廁所的燈，亮了。

有個影子，搖搖晃晃的映在牆上，像是從地面站起來似的，影子越來越大、越來越大，它朝著門口走過來了！

這簡直是壓倒駱駝的最後一根稻草。

「哇啊！我不知道啊——」伴隨著尖叫，葉貞茗不顧一切猛然拉開自己的家門，直接衝了出去！

對她而言，現在的狀況明擺著是待在屋內比屋外可怕太多了！

「君玫……走！快走！」趙平倫見狀，隻手抵著門，也拽了沈君玫離開。

誰叫她看傻似的，直勾勾盯著廁所裡那個眼看都要走到門口來的影子瞧！葉貞茗家裡除了他們外，根本沒有別人啊！

推了沈君玫出去，自己也跟著下樓。雖然葉貞茗住在七樓，但這情況她根本不敢等電梯來，發狂的就直接從樓梯下衝！可偏偏這黑暗的樓梯間不僅電燈失修，而且因爲所有住戶都搭乘電梯的關係，樓梯早就成爲免費的置物場了！

物品堆疊得亂七八糟，紛紛阻礙通路，還時不時會絆到腳，沈君玫在五樓時就差點打滑，幸好是身後跟著的趙平倫拉住了她！

「貞茗，很危險，妳跑慢一點！」趙平倫忍不住警告。

但葉貞茗哪聽得進去，她瘋狂的不顧一切往下衝，踢倒了東西也不管，樓梯間叮叮咚咚，鄰居都要開門出來看了！

葉貞茗急速下三樓，終於可以聽見樓下管理員的聲音了……

『茗……』森幽的聲音，自黑暗發出。

滴答滴答……滴答滴答……水聲一滴一滴的落在階梯上，這不該有水的樓梯突然像下大雨時出現小瀑布，一重接著一重自腳下流過，淹滿了兩階之下的二樓平台，甚至再往一樓流去。

葉貞茗僵在原地，嚇得兩腳腿軟。

「我眞的不知道……不知道雨雯會騙妳……」葉貞茗嗚咽的哭了起來，「妳不要來找我啊，我沒有害妳啊！」

咦？聽見語焉不詳的嗚咽聲，四樓的沈君玫跟趙平倫都愣住了！

「葉貞茗！妳在說什麼！」沈君玫的聲音在樓梯間迴盪，而鄰居也開門出來看了。

「誰啊？你們在幹什麼！把人家樓梯用成這樣！」

「是誰啊？有電梯你們是不會坐喔幹！」說得好像公共空間裡堆東西理所當然似的。

葉貞茗根本聽不到這些，她只聽見後面的剝剝聲，像是有人在水裡想開口說話，接著，一隻手驀地搭上了她的肩！

『貞茗……』

「哇啊——哇啊啊——」濕黏帶水的觸感直接碰觸到她的頸子，透過衣服濕了肌膚，葉貞茗頓時發狂的跳了起來！

她不顧一切的狂衝，踩上二樓平台，她甚至可以聽見自己的踩水聲，然後一個右轉——剎！

拖鞋直接打滑，葉貞茗連抓住欄杆都來不及，整個人直接往樓下摔了下去……咚……咚……磅！

「貞茗！」沈君玟三步併作兩步的跳下階梯，轉下三樓時從樓梯縫瞧見了同學跌落的腳，慌慌張張的扣著欄杆要轉下去！

但是，她才打算踏出，瞬時收腳，整個人僵在樓梯上。

「走……」趕到的趙平倫推著她想趕緊去探看，但也噤了聲。

葉貞茗的神情以極驚恐的神情凍結著，嘴巴還撐到最大，向上瞪的雙眼彷彿看著他們兩個……而她的頸子，折了九十度。

葉貞茗死了。

這個晚上，他們又失去了兩個朋友，這叫人怎麼支撐得住？

沈君玫徹夜未眠，除悲傷外更多的是忿怒，他們之間的友情有這麼薄弱嗎？大家明明感情都很好！是，這之中有點愛慕或暗戀，但值得扯到生死嗎？

八個好朋友，三個下落不明、兩個死亡，轉眼間就剩下她、趙平倫跟闕擎了，連她都想問爲什麼！謝庭瑄不是那樣的人，就算她眞的出了事，成了鬼，也不該是來找他們算帳的啊！

她傳了訊息，約趙平倫跟闕擎出來，她覺得必須認眞面對，當年究竟發生什麼事，導致了謝庭瑄的失蹤，或是能找出她去哪裡！

簡訊聲響，站在冷飲櫃的闕擎拿出來瞄了眼，旁邊的人吃驚的看著那舊款手機，完全非智慧型，沒想到有人還是慣用這種古董。

闕擎只瞥一眼就按掉，彎身拿取自己的冷飲時，飲料後方一雙眼正目不轉睛的盯著他。他的手停在半空中，與後方的女孩四目相交。

「你後面跟著一個女孩耶……」裡頭的女生眨了眨眼，「你不理人家一下嗎？」

唉，闕擎不耐煩的別開眼神，磅的關上冰箱。

他是故意到這裡來買飲料的，因爲他實在太好奇，爲什麼一個人身上被這麼多邪惡的東西包圍著，卻還能活蹦亂跳？他很久沒有晚上離開家了，爲了再看一次，爲了確認自己沒有眼花。

「喂，冰箱門不要關這麼大力！」果然自員工室裡，匆匆奔出女孩，她看起來剛換好制服，準備值大夜，「我跟你說眞的！」

闕擎當沒聽見，自顧自的到櫃檯去結帳，前一班的員工很好奇這邊的動靜，原來是認識的人喔！

女孩衝進櫃檯裡，很認眞的做了個把耳機拿下來的動作。

「哈囉？你這樣聽得見我說話嗎？我說——」

刷完條碼，闕擎拿著飲料就出門，順道把耳罩式耳機再喬穩一點。

他沒立刻走，爲的就是等女孩出來，果然自動門都還沒關，未上工的女孩就跑出來了。

「妳如果看得見，可以叫她去妳那邊。」一出門，闕擎轉身就開口，「我什麼都不知道！」

「騙人。」女孩歪了歪嘴，「你有偷瞄，我都知道，她很想跟你說話！」

「我不想。」闕擎認眞的打量著女孩，眞的不是幻覺，這女孩身上有非常邪惡的鬼、亡靈，但爲什麼她跟沒事人一樣，看上去還精神百倍？「她找我沒用，離我越遠越好！」

「欸，你怎麼這樣？」女孩情急上前拉住了闕擎，「連我都看得出來她……」

被拉住的闕擎當下反彈劇烈，使勁的一把就甩開了她！

女孩被他大手一揮退得踉蹌，還沒反應過來，她身上突然冒出了駭人巨大的惡鬼，巨大的頭衝到了闕擎面前——

『不許碰她——』

喝！闕擎愣在原地，瞬間冷汗直流！

這僅僅只是一秒不到的事，惡鬼眨眼即逝，女孩才穩住身子，焦急的朝天空看去，「你們不要這樣啦！」

餘音未落，闕擎轉身扭頭就跑……開什麼玩笑，這種情況不跑拿命拼嗎？

「喂！你等等！我覺得她眞的非常非常喜歡你耶！喂！」女孩往前跑沒兩

步，但等等又要值班了，氣急敗壞的剁腳，「哎唷，都你們啦！」

闕擎果然沒有出現，趙平倫並不意外，這傢伙一直都跟大家不冷不熱的，認眞回想起來，其實大家對他也不是那麼熟悉。

不只沈君玫思考了一整晚，他也是，這情況就像是有阿飄在作怪，而扯到他能認識的阿飄，加上李成桓與黃雨雯失蹤的地點，怎麼樣都只能是謝庭瑄了。

如果將同學一個個殺掉的，眞是謝庭瑄的亡魂，換句話說，她已經不在人世了。

「假設謝庭瑄眞的死了，爲什麼要殺我們？」沈君玫坐在火車上，語重心長，「我昨天把她跟黃雨雯的交換日記看完，理了理頭緒，我還是看不出什麼深仇大恨……除了最後雨雯騙謝庭瑄，她在跟闕擎交往這件事情，她們看起來都很要好。」

昨夜在警察來之前，沈君玫鼓起勇氣衝回葉貞茗家，拿走了那本日記本。

「但這之後不就沒有下文了？謝庭瑄寫了再見兩個字？說不定就是絕望與

恨？」趙平倫也只是猜測，因爲謝庭瑄眞不像這樣的女孩，從小飽受家暴又想逃離的人，不該這麼脆弱，「那語佳呢？」

沈君玫深吸一口氣，認眞的看向趙平倫，問得突兀：「你是什麼時候知道她要離開的？」

趙平倫果然錯愕，這問題跟剛剛話題風馬牛不相及啊，「呃……很早，至少是在她失蹤前……兩個月。」

「語佳更早！交換日記裡，雨雯曾問庭瑄關於她衣櫃裡十幾萬現金的事！而這是語佳告訴李成桓的！」沈君玫捏著手上的日記，「這是謝庭瑄失蹤前一個學期的事！」

「這麼早？庭瑄果然很早就開始計畫了！那雨雯也知道了？」趙平倫突然意識到這點，「她也知道庭瑄做過什麼事，所以——」

「不，庭瑄騙了她，她在日記裡回應說道，錢只是父親暫放在她衣櫃的。」

沈君玫淡淡一笑，「聰明如她，從未打算跟任何人說。」

趙平倫蹙眉，有點遲疑，「但我覺得大家都知道耶……」

沈君玫抽了抽嘴角，相當無奈，「我不意外，再縝密總有疏漏，像她還是託我介紹租屋管道跟工作，你是意外發現她改名字、語佳早就發現她的現金、還告訴李成桓……但我沒對任何人說過啊！」

「唉。」趙平倫重重嘆了口氣，「她失蹤前幾週，李成桓也曾跑來問我有沒有覺得謝庭瑄哪裡怪怪的？他覺得她好像隨時要離開這裡！」

「咦？他怎麼發現的？」沈君玫很是吃驚，「雖然大家都覺得有異狀，但只有我知道她要租屋的事啊！即使李成桓很喜歡庭瑄也不該會發現吧？」

不，他不認為。

事實上謝庭瑄再怎麼會掩飾，但很多細節還是可以觀察到！撇開大家各自發現的端倪不說，之前大家很常討論「共同未來」，例如明年的出遊計畫、後年的要一起騎腳踏車的壯遊、或是畢業後即使各奔東西的固定聚會等等……

謝庭瑄幾乎都不會參與。

闕擎也未曾參與討論，但闕擎不是同校同班同學，可平時隨和的謝庭瑄不是不出席，就是大家熱切討論時保持沉默，彷彿這不關她的事一樣。

李成桓非常喜歡謝庭瑄，喜歡一個人的話，眼裡只會有對方，如此要發現這種細微末節也不難了。

「他發現她像是要拋棄一切，而且她的未來規劃沒有大家；我沒問他怎發現的，因爲我必須裝作不知道！」趙平倫說得很難受，「我還得假裝驚訝，然後告訴成桓不要想太多，還寬慰他，或許謝庭瑄有她的理由……以防他跑去亂問！」

沈君玫驀地冷笑，「什麼理由？」

趙平倫倏地一顫身子，嚴肅的看向沈君玫，喉頭緊窒半晌說不出話，什麼理由？

讓一個女孩未滿十八歲就開始計畫逃亡，換名字準備拋棄一切，斷絕過去所有一切，甚至不惜輟學——這還能什麼原因？大家心知肚明吧！

「因爲那個人渣父親……」趙平倫說得很小聲，「謝庭瑄身上到處都是傷痕，大概只有臉沒有而已。」

「燙傷打傷割傷，她身上幾乎沒一塊光滑的肌膚……但就算她遮掩成這樣，你也還是知道了，我想問的是，到底誰不知道？」

謝庭瑄即便盛夏還是穿著長袖長褲，被處罰也不願下水、或是換上短褲與裙子，這麼堅持絕對不是她有病，而是她爸有病。

「第一次的發現，是她挽起袖子洗手時我瞧見上面全是青紫色，想也知道是誰打的，她不是只跟父親相依爲命嗎？」那天趙平倫不小心看見，謝庭瑄還慌亂的遮掩，此地無銀三百兩。

「黃雨雯跟葉貞茗都知道，語佳曾想去報告老師，但被謝庭瑄阻止了。」沈君玫難受的做了個深呼吸，「她怕事情沒弄好，反而回家被打到死。」

眞的，大家都知道。

大家都是怎麼想的呢？是否更多的想法是：謝庭瑄自己都不想對外說了，他們插什麼手？

「所以，妳認爲謝庭瑄的失蹤與她父親有關——因此，今天才約我一起前往他被關的監獄？」趙平倫一字字的說著。

今天沈君玫跟他約在月台，告訴他買票的終點站，會合後他們便上了車，她從頭到尾沒說打算去哪裡。

沈君玫點了點頭。

謝父現在在服刑，去年謝庭瑄失蹤時，他就是最大嫌疑犯，但苦於沒有任何直接證據證實他殺人，所以不了了之，只能以失蹤案處理；而這暴力父親現在被關，是因爲謝庭瑄失蹤後一星期，他醉後跟人產生口角，卻失手殺死對方。

這種暴力之徒根本不意外，沈君玫害怕的是——會不會是謝庭瑄要逃走的事被他知道了？人渣父親因而忿怒阻止，或許狂暴揍人、或許找了一個讓謝庭瑄再也逃不走的方式……

但所有猜測都沒有用，同學的接連死亡，讓沈君玫決定要把事情搞清楚，所以他們親自到了監獄，詢問一切罪惡的源頭！

「我不知道那丫頭跑到哪裡去了啦！我才沒有殺她！」隔著玻璃，謝父依然是那副令人厭惡的模樣，「我怎麼可能會殺她！她可是我的寶貝好嗎！」

「你把她打成怎樣？還寶貝？你以為我們不知道嗎？」趙平倫氣忿的拿話筒低斥，「你是不是發現她要逃了？就殺了她？」

謝父笑容微斂，突然挑了挑眉，露出個冷冷的笑意。

「她果然要逃啊……哼，哼哼！」謝父露出陰險凶狠，「對！我知道她要逃走，要不是你們那個帥哥告訴我，我還不知道這死丫頭居然想逃！」

沈君玫與趙平倫突然驚愕，腦袋一片空白，「誰？」

「哼，有個戴耳機的帥小子啊，他跟我說她不會再回來了！我整個抓狂，到處找她……我跟你說啦，那時要是讓我找到她，我一定讓她不敢再有這種想法！」謝父咆哮著，一拳擊到玻璃上，「但是，我他媽的沒找到她，她就失蹤了！」

「你眞的沒找到她嗎？還是你找到了她、殺了她？」沈君玫咬著牙說，她腦子裡迴盪著卻是：

那個戴耳機的小子告訴我的——闕擎！他們之間那個最冷峻又永遠戴著耳機的只有一個人，就是闕擎！

她覺得理智線都要斷了！爲什麼闕擎會知道謝庭瑄要逃的事？爲什麼知道了還告訴這人渣父親？

「殺她？你們年輕人想像力也太豐富，她不見的前一晚我就沒見到她了，不要隨便賴在我身上！」謝父更加不爽的翻白眼，「我怎麼可能殺她！拜託！你們用腦子想想，她可是我孩子的媽耶！」

咦？這話如一枚震撼彈，讓兩個學生呆住了……謝庭瑄懷孕了？爸爸是——嗯！

「你這死變態！」沈君玫忍無可忍的尖叫，「你還有臉說！你把她打成這樣，還、還……」

「嘻……嘻嘻……我就說她是我的寶貝啊！」謝父竟得意的笑了起來，笑得極度猥褻，「而且你們裝什麼裝啊！這麼生氣？我不信你們不知道啦，丫頭說過至少妳看過她的身體啊！」

他指向沈君玫。

「我？那是因爲游泳，我只看到她被打得遍體鱗傷，我怎麼知道你會這麼齷齪！」如果沒有層玻璃，覺得自己都想打死這人渣了！

趙平倫難以接受，家暴的部分他知道，但是性侵自己女兒這是什麼樣的變態……但是，他們眞的不知道！

「我們……只知道被你打得全身都是傷！我眞的沒想到……你是他父親啊！」

「切，少在那邊裝無知！只知道她被我打？好啊，那你們不早就知道了嗎？不是誰也沒說嗎？」謝父嘲弄般的看著他們兩個，「隨便一個家暴也能把她帶離我身邊不是嗎？」

你們不早就知道了嗎？不是誰也沒說嗎？

這句話彷彿一道雷，劈在了沈君玫與趙平倫頭上。

獄警上前阻止謝父的張狂與咆哮，進而提早結束會面，把謝父帶回了監獄，臨走前他還在狂笑，大聲說著找到謝庭瑄的話，要叫她來看看爸爸喔！算算時間，孩子也該出生了嘛！

好噁心……沈君玫離開時忍不住作嘔，衝去廁所吐了！

怎麼有這麼噁心的父親，不但家暴謝庭瑄，甚至還對她……他們的確不知道事情這麼變態，但是——捧水沖臉的沈君玫腦子嗡嗡叫著，痛苦的閉上眼。

但如果他們眞的以家暴之名替謝庭瑄求救，這件事是不是有不同的結局？

謝父嘲諷的指控在他們腦子裡盤旋，沈君玫與趙平倫離開監獄後一個字都沒交談，兩個人慘白著一張臉，搭乘火車回到了出發地；他們不知道能說什麼，是要檢討對方？還是要責怪自己沒有替謝庭瑄做些什麼？

同學落水、意外身故、有鬼在作祟這短短數日間，他們已經發現，謝庭瑄的事大家其實都知道，卻沒人做些什麼。

謝庭瑄不讓大家舉發，是因爲她怕，但她恐懼是正常的，所以他們這些外人或許更應該施以援手，要讓她不再跟父親接觸並不是難事。

跟相關單位舉報、跟老師說，就能在第一時間把謝庭瑄保護起來。

但沒人這麼做，大家都想著：那是她自己的事，她會解決，她自己選擇沉默，而且那是她的父親啊！

反正莫管他人瓦上霜啊！選擇逃避，只要不去想，就好了。

事不關己，高高掛起。

「我覺得，或許那變態眞的沒殺死庭瑄。」

站到月台上時，趙平倫幽幽的出聲。

「她死了……她死了！」聞聲的沈君玟失控的淚如雨下，「你還不明白她爲什麼會來找我們？會一個個殺掉大家？就是因爲我們當年明知一切卻見死不救，大家都明明伸出一隻手就能救她，卻沒有人願意，眼睜睜看她走到絕境！」

趙平倫緊皺著眉，鼻子一酸也忍不住啜泣，他們就在車站邊的共享腳踏車邊哭泣咆哮，路人紛紛打量，但也不敢靠近。

「但是、但是我……不覺得謝庭瑄是這樣的人！」趙平倫嗚咽的說著，內心某處彷彿面對了謝庭瑄死亡的事實，「這麼好的人，她、她不會想傷害同學的！」

「成桓跟雨雯爲什麼在她失蹤的地方落水？她就是在那邊自殺的，大家心知肚明，你不要再自欺欺人了！」沈君玟不顧一切的哭喊出聲，「她失蹤是因爲去年暴雨，河水暴漲，她的屍體也被洪水跟木頭攪碎了，誰找得到她？」

這就是事實，只是大家不願意面對而已！

有夠大聲！五公尺外的男孩轉頭看去，他正開心愉快的蹲在路邊餵著流浪狗，原本還在等朋友的他，這下連找都不必找，就看見哭得亂七八糟的兩個人站在那兒。

一小時前他收到沈君玫嚴厲的訊息，說有要事請他到火車站一趟，他心底是很不想再接觸這票人，但……那個從水裡爬出來的傢伙鎮日哭泣，讓他有點厭煩，總覺得解決掉才爲上策。

刻意提早到，是因爲這兒有許多可愛的狗兒，他早早買好罐頭，好好的餵食牠們，順便等沈君玫……這會兒她的咆哮聲讓狗兒都警戒起來，闕擎明顯厭惡的看向她，一邊溫柔拍拍狗兒的頭，讓牠們心安。

安撫眾多流浪狗的闕擎露出迷人和煦的笑意，但在起身朝趙平倫他們走去時，笑容立即消失。

「嘿。」他從容的出現在兩個對吼的人中間。

兩人緩緩看向聲音的來源，淚水模糊了視線，好幾秒才認出是闕擎，但下一秒趙平倫便氣忿的掄起拳頭——可沈君玫已經狠狠的一巴掌揮了過去！

啪！清脆的掌聲響起，闕擎措手不及！

「你告訴他！是你告訴他的！」沈君玫氣得再抓住闕擎踉蹌的身子，拖回跟前，「你怎麼可以告訴那變態她要逃？是不是你把謝庭瑄逼向死路的？」

嘴角流出血腥味，闕擎嫌刺耳的皺眉，耳膜都快炸了還是不知道這女人在吼什麼。

「闕擎，你……你是怎麼知道謝庭瑄要走的事？」趙平倫勉強壓住怒火。

闕擎怔了幾秒，總算明白這兩個人在說什麼的哦了聲，「哦～是這件事啊！誰不知道啊！你們每個都知道吧？」

又不是多高明的手法，輕易都能看出端倪，幾次相聚那女人都心不在焉，手機裡滑著的訊息都是工作與租屋訊息，偶然瞥見她的訊息來往，名字就已經不是使用「謝庭瑄」。

謝庭瑄身上還纏著許多悲傷的鬼魂，這的確是讓她心情更加陰鬱、人生更黑暗的助力，至少做什麼事保證她力不從心，或是處處受挫，黑暗與悲傷是個強力磁鐵，輕易能吸引一堆類似的情緒，保證所有事情都會往壞的方向走。

他隱約知道但根本不會管，一切都是謝庭瑄自己跑來跟他說的。

她約他出來做正式告白，因爲她要跟前十八年的人生告別，希望把未了的願望都完成，親口告訴他，她喜歡他。

他也是一如既往的說聲對不起。

他沒有要跟任何人深交的意思，朋友如此，更別說擁有親密關係的人了。

照慣例女生都會哭著離開，他只覺得鬆了一口氣，最好大家都可以立刻找他告白，講清楚後他就多省事，不必在那兒避諱東避諱西。

「好，我不管你怎麼知道的，但是——就算知道，怎麼能告訴謝庭瑄她爸？她要離開這裡的事最不能說的就是她那個變態父親啊！」連趙平倫都怒不可遏，他手上的大拳頭還緊握著咧！

這瞬間，闕擎銳利的瞪向了指責的男女。

「爲什麼不能說？」闕擎擰起眉，極度不快的反質問，「誰說過這件事不能說了？就算有人說這事要保密，那也要我答應吧！」

人們很無聊的常做這種事，尤其是同儕間。

非常荒唐無理的事，總是在沒有經過某人同意之下就跑來說一件「祕密」，也沒問某人想不想聽，願不願意知道，自顧自的講完後再扔下一句說要保密喔！保密什麼？某人根本沒必要答應啊，又不是他自願聽的。

他在一般人中是有點顯眼，謝父輕易的在路上認出他，謝庭瑄失蹤前一天的謝父看起來有點慌，說是找謝庭瑄找不到，手機也聯絡不上，在他去買東西時撞見了，便著急的問他，謝庭瑄去了哪裡。

「你不必找了，她應該要離開了。」他就說了這麼一句話，事實如此，謝庭瑄的確即將斷絕過往的離去。

「你怎麼可以……你怎麼可以這樣說？你知道她爲什麼要逃嗎？」沈君玫氣得都快說不出話了，「如果你也知道原由，就更不該告訴她父親啊！」

趙平倫想著謝庭瑄是否知道，她的行蹤竟是最喜歡的人說出去的？「她這麼喜歡你、這麼信任你，你竟然……」

「所以呢？我又不喜歡她，我也沒要她信任我啊，別強加一堆責任義務在我身上好嗎？」闕擎冷笑出聲，這些人簡直不可理喻。

「你怎麼這麼冷血！」沈君玫揚起手，激動的就想打下。

但迎上闕擎那深黑的眸子，她突然打自心底湧起一股畏懼感，手停在半空中，開始發抖。

闕擎輕易的拉開沈君玫揪著他衣領的手，他不覺得自己對謝庭瑄有任何義務，她要喜歡他是她的自由，如同他完全不在意她也是他的選擇啊。

「我問心無愧，我只有告訴謝父他不必再找謝庭瑄，她要離開了。最重要的是，我沒有幫人保密的義務。」闕擎清清楚楚，一字字的說著，「不要把你們的理所當然，加諸在我的身上。」

他推開了沈君玫，她踉蹌往後，竟無招架還手之力，相反地心底發寒……只能抿著唇，忿恨不甘的看著闕擎，護住她的趙平倫一口氣氣到上不來的漲紅了臉，闕擎說無情，但句句也在理。

闕擎不客氣的打量著他們，用一種嘲諷的眼神，接著竟難得的笑了起來……看看這些人的態度，彷彿是他殺了謝庭瑄呢！

「你笑什麼！」趙平倫咬著牙說，「你那是什麼態度！」

「笑你們啊，現在突然變成正義之士了？敢因爲我不需要做的事指責我？恨意這麼重……該不會覺得是我殺了謝庭瑄，或害慘了她吧？」闕擎字字說中，沈君玫與趙平倫的臉色陣青陣白，「眞是笑話，要談莫名其妙的義務是吧？好！你們這些早知道她被家暴的人怎麼就沒及早幫她呢？早說她是不是也不會走到這一步？爲什麼不說你們才是凶手呢？」

「我們——」一向振振有詞的沈君玫卻語塞了。

她是最早知道謝庭瑄被家暴虐待的人，她可以選擇讓大家跟謝庭瑄一起做朋友、甚至刻意到她家去希望給謝父警惕，但卻從未想過多走一步，舉發那個變態人渣，救謝庭瑄於水火。

爲什麼不這麼做？她明明有的是機會，這麼多年，每天二十四小時，每分每秒都是機會，她卻始終沒這麼做……因爲害怕？還是覺得這是謝庭瑄自家的事，她只想要滿足自己的優越感與保護欲，但不想涉足到「大人」的世界中？

趙平倫呼吸急促的看著闞擎，這冷血無情的話語卻句句在理，他也很早知道謝庭瑄被家暴，但他絕口不提，他裝作不知道這件事，認爲這是對謝庭瑄的仁慈，因爲她不希望讓別人知道啊！

問題是，謝庭瑄眞的不希望被他人知道她的處境慘烈嗎？

還是說到底，他們每個好同學們，希望的是：大家不知道「他們知曉」謝庭瑄被家暴的事。

只要沒看見，就什麼事都沒有了。

回到闕擎的論點，他們任何一個人也都沒有責任與義務去拯救謝庭瑄，所以他們沒有錯。

所以他們是凶手嗎？不是。

他們是幫凶嗎？更不是，他們沒有人對謝庭瑄施虐，更未助長。

他們只是漠視於讓事件發生，就像看著一輛從山坡上滾下的腳踏車，只要一伸手就能拉住它，但他們誰也沒出手，眼睜睜看著它掉下山崖而已。

於情於理，誰都不能怪罪他們，因爲謝庭瑄從來不是他們的義務，只是良心上能不能跨過去，那就是每個人的想法了。

至少，從頭到尾，他們誰都沒有出手啊！

「說不出話了吧，呵呵。跟你們做朋友就最近最累，到此爲止啊!!我告訴你們謝庭瑄在哪裡，我們的友情就此劃上句號吧！」闕擎滿滿不耐煩的說著，還嘆了口氣。

謝庭瑄在哪裡？突如其來的話語讓兩個朋友驚愕，大腦跟不上進度，瞠目結舌的看著闕擎——他知道謝庭瑄在哪裡？她沒有死！

「你在說什麼？」沈君玫茫然了。

「那晚黃雨雯的確是跳河自殺，而李成桓情急想救她才跳下去……」只見闕擎從容的找一台喜歡的腳踏車刷卡，準備牽車，「其他人是意外，謝庭瑄沒有要殺任何一個人……包括她自己。」

「而謝庭瑄是眞的手滑。」闕擎說得流暢，像在說別人的故事，「要不要走了？」

「啊……好！」兩個人不可思議的異口同聲，尾隨在闕擎身後。

剛剛他說了什麼？手滑？

他們沿著常走的公路騎行，一直到離大橋大概一公里遠的路邊時，闕擎才停了下來，他們就站在高處，眼前就是仍舊混濁的河川！

「看見那邊……就你站的十二點方向。」闕擎拉著趙平倫移動幾步，「正前方！河裡沒有標的物，所以你要記得你站的地方！」

趙平倫愕然，但還是點了點頭。

「他們就在那邊。」闕擎指向某個點，「反正叫人來，在那個地方絕對撈得到人！好，就這樣，我們以後不要再聯絡了！再見！」

語畢，闕擎轉身就走，回過神的沈君玫急忙拉住他，「闕擎！等一下！你是說謝庭瑄在河底？」

那不就表示……她真的死了？剛剛燃起的希望之火，瞬間又滅了。

「謝庭瑄去年就死了，她就是跟黃雨雯一樣坐在護欄上，要下來時手一滑就掉下去了！你們不知道因爲這次聚會，她跟了我好幾天，煩死了！」闕擎很不爽的抱怨，「大概我不理她，所以她跑去找林語佳跟葉貞茗她們求助吧，但沒想到引發意外，弄得大家都死了！」

「意外……」趙平倫心一沉，語佳她們的死是意外？不是謝庭瑄的復仇？

闕擎跨上腳踏車，回頭瞥向他們，「你們報警說看到疑似屍體還是手骨，讓警方去挖就對了。」

沈君玫還是一片茫然，「所以庭瑄究竟想找語佳她們做什麼呢？」

「她只是希望被找到而已。」

謝庭瑄從不是惡鬼，她只是一般水鬼，沒有執念沒有力量，只能在鬼月時藉助環境之陰努力讓人類看見，在水裡的她，藉由水比較輕易能使力，在浴室裡本來想告訴林語佳她在哪裡，結果還沒靠近語佳就嚇到跌倒導致頭破血流了。

開橋路跑的紀念物掉下，只是爲了告訴大家她眞的就在橋下，見他們恐懼所以她只好再藉由浴室的水走出來想試著溝通……結果卻讓恐懼交加的貞茗摔斷了頸子。

日記本最後一頁夾著路跑那天的城市地圖，趙平倫後來仔細看了，闕擎所指的地點處，在地圖上被水融掉了一個洞。

「找到了！」

根據趙平倫所指的地方，警方半信半疑的展開了打撈作業，但是才下水沒有多久，就在河底淤積的泥沙裡，挖到了疑似人體的手。

這個發現令打撈人員振奮，他們很快的拉出了一件夾克，正是李成桓落水當天穿著的衣服，緊接著又在旁邊發現另一隻腐爛的手，手腕上還戴著運動手錶，正是大家送給黃雨雯的生日禮物！

「這裡距離落水地點並不遠，也沒什麼障礙物，怎麼會沉在這裡？」警方疑惑的看著再下游，依照那天的水量，照理說他們應該要被沖到更下方去才是，怎麼會卡在這裡？

數名人員努力的將泥沙挖開，更詫異的是發現遺體的完好程度，因爲這兒還是有許多石塊與漂流木，常理來說，遺體應該會受損嚴重。

沈君玫與趙平倫遠遠的揪著心口等待著，闕擎眞的知道！

「出來了！拉出來了！」遠遠聽見他們喊著，「小心喔！」

遺體泡在水裡腐爛嚴重，現場即刻瀰漫一股惡臭，但是從業人員司空見慣，大家小心翼翼的拉出了第一具屍體，從衣著就能確定是李成桓；因著他的拉動導致泥沙鬆開，所以黃雨雯的遺體也輕易的被尋獲。

「這兩具屍體很近啊，而且這裡不是平緩地，眞的很奇怪。」打撈人員好奇的觀察地形，「像是被什麼卡住一樣。」

餘音未落，即將要被拉出來的黃雨雯遺體眞的硬生生被卡住了！

「咦？小心喔！」大家即刻止住過度粗魯的動作，「同學，我們要帶妳回家了喔！」

對著遺體喊話，但是黃雨雯的左腳踝像是卡住什麼似的，硬是不出來。

另一個人直接伸手下去撥動，可能被樹枝或是什麼東西勾住了腳，兩個學生都是穿著鞋……喝！

人員嚇得抽出手，這動作嚇得一眾人緊繃起神經。

「怎麼了？有東西咬你嗎？」雖然他很懷疑這麼髒的水裡有什麼能活？

該人員呆然的看著水下，即使戴著手套，但他還是清楚的感受到剛剛在撥開泥沙時碰到了什麼，然後他被「握」了一下。

那感覺太明顯，就是有個人輕輕的握住他的手。

「有什麼東西握住我的手。」他喃喃的說，臉色有點難看的看向船上的同事。幹這行久了，大家對這類事情是絕對尊敬且寧可信其有的，所有人立即嚴肅起來，認真的看向濁水之下。

「水下的朋友，這是緣分，我們一起找到了你。」站在水裡的人員誠敬說著，「如果方便的話，讓我們一起帶你走好嗎？」

現場一片靜寂，接著他們再拉了拉黃雨雯的屍身時，竟輕易的將左腳拉出，這時人員再伸手進入剛剛的水裡探索，這一次，輪到救難人員「握」到了那隻手。

他輕柔的握著，他完全可以確定那是人手，微微拉出水面，已是森森白骨。

「還有一個——」救難人們喊著，「朋友，我們要帶你回家了喔！」

咦？沈君玫詫異的看向趙平倫，還有一個是什麼意思？

「不只是李成桓他們嗎？」落水的沒有第三人啊！「啊！」

站在馬路邊的男孩遠遠望著水中央的救援隊，依舊戴著耳機的他面無表情的看著忙碌的人們。

「出來吧。」他喃喃說著，「可以出來了。」

剎剎剎，水泡突然如沸騰般湧起，所有人緊繃著神經，不明白水況發生什麼事，準備隨時把在水裡的夥伴拉起，但握著白骨的救難人員不想鬆手，泥沙大量的伴隨水泡湧起，緊接著，那原本以爲埋得至深的屍骨突然間隨著水泡剎地浮了起來！

速度太快，下一秒屍骨就順著水流往下移動，脫離了救難人員的掌心！

「拉住！」船上的人趴在船頭，就近抓住了一頭長髮，差一點點又讓那骨骸順水流走。

一群人心急的拉回缺了右腳的屍骨，小心翼翼的將那已化爲白骨的屍身裝進第三個屍袋裡，大家心底有惑卻不會說出口：既已腐敗成白骨，怎麼還能讓大家如同扛一個人般，骨頭均未散開的扛出水面，還能置入屍袋？

所有人雙手合十，誠心的向第三具無名屍骨行禮，他們知道，他也只是想回家而已。

沈君玟緊緊的握著手機，他們想起了謝庭瑄的手滑，第三個人……說不定正是庭瑄啊！

趙平倫緊抱著她，亦無法控制的淚如雨下，手機裡他們那天在橋上的最後合照，閃光燈的照射下，他們六人各有醉意的燦笑著，闕擎站在相片最邊邊，光線幾乎照不到他身上，僅剩隱約身形，都快沒入背景。

而大家身後的石欄上，坐著一個模糊回首的身影……第八個好友。

她一直都在。

闕擎左臂被人拍了拍，便利店女孩騎著腳踏車停下來。

「找到囉？你的朋友們？」

他頭也沒回，隨口嗯了聲。

「一口氣全找回，也太巧了！」便利店女孩開心的拍拍他，「我跟你說，要會做人！你隨便拿束花擺到橋上也好，她會很開心的！」

語畢，便利店女孩開心的跨上腳踏車再度離去，闕擎蹙起眉頭，朝右看向她遠去的身影，「多管閒事。」

而且什麼叫太巧了？一開始就是謝庭瑄的亡靈拉住了李成桓跟黃雨雯的屍體吧！

這條河水鬼眾多，謝庭瑄身上負靈太多，就算她會游泳也會被爭著抓交替的水鬼拖進河底淹死！她當年死亡的時候才剛歷經暴雨，河水湍急，可能是被漂流木或過多泥沙卡住，加之以遇到平坦地，所以屍體越埋越深，即使今年的暴雨也沒能將她沖走。

甚至在黃雨雯他們相繼落水後，都還能抓住他們的遺體，不使他們被巨木攪得四分五裂，死不見屍，這才叫執念。

所謂友情的美好吧！闕擎聳了聳肩，他不稀罕。

站起身，他回首走回了馬路邊，再度走上那座橋，快走到橋頭時，他就看見了坐在橋上的身影。

他當年在路上遇到發狂尋找謝庭瑄的謝爸爸，他的確告訴謝父不必找了，才引得謝父暴怒。但又沒人說那件事是祕密，謝庭瑄自己也沒提過，即便她當初說了請他守密，他也不會答應。

莫名其妙對他說一件該保密的事，是說話者的責任吧？

依舊坐在欄杆上的女孩早在闕擎一踏上橋，就轉頭望向他來的方向，眼神如同在世時一般的痴戀；但闕擎卻選擇直視前方，刻意一眼不瞧，也不回應她的任何態度。

『闕擎！』在他快來到身前時，女孩楚楚可憐的開口。

是啊，或許放一束花她可能會很高興吧？

闕擎面無表情的掠過了當年她落水的位子，女孩難受的趕緊從左趕往右追上，哭喊了起來，『我知道你看得見我！你是看得見的！爲什麼不理我？』

因爲不想！

她高不高興，他一點都不在乎。

男孩穩健的踏著步伐離開，一邊走一邊拿出手機，默默的刪除了那七個電話號碼。

再見。

第二篇

返家

龍雲

1.

日子對吳家馨來說，一直都不是件容易的事情。不過這倒也不是誰造成的，只是一種宛如宿命般的結果。

世上存在著許多職業，沒有辦法日復一日白天出門、晚上回家，每天都見到自己的家人。對這些人來說，回家是種奢侈的享受，更是長時間離家之後，最引頸期盼的事情。

這類職業之中最具代表性的，大概就是軍人與漁工了，而家馨正是漁工的妻子。

因爲工作的關係，老公阿坤有大半年的時間都不在家裡。好不容易回到家之後，過幾個月又會再度出海，接著又是大半年離家的日子。

家馨從小就在漁村長大，對這樣的生活，倒是沒有什麼感覺，對她來說，家人與村民們過的也都是這樣的生活，所以一直以來都以爲這是件理所當然的事情。

一直到自己也成爲了漁工的妻子之後，家馨才知道這樣的生活，其實到處都充滿了挑戰。在大部分的時間裡面，都必須面對一張偌大的雙人床卻只有自己一個人睡的日子。獨守空閨不是一件容易的事情，沒有親自體會過，真的很難理解箇中滋味。尤其是生活平靜的村莊中，這樣的日子更是無聊到快讓人窒息的地步。

或許就是爲了讓家馨不要那麼孤單，所以兩人在結婚沒多久之後，就生下了女兒茗芳。有了女兒的陪伴，讓家馨的生活確實有了一股新的活力與目標，然而另外一個問題卻也跟著浮現出來。

老公長時間不在身邊，除了需要面對孤寂之外，還有個最大的問題就是不論大小事，都必須要家馨自己一個人決定與解決，沒有人可以協助與商量。尤其是在女兒茗芳出生之後，這點更是明顯。許多重大的決定與事情，都得靠家馨自己一個人去面對。

就這樣多年過去，雖然不敢說是全天下母親的榜樣，但是家馨也算是含辛茹苦的將女兒拉拔長大，該做到的大部分也都做到了。女兒茗芳在媽媽的保護之下，一路求學也還算順遂，最後也順利考上大學，到了離家的時候。

雖然心中有百般的不捨，但是家馨知道這就是人生的過程，自己不可能永遠把女兒留在自己身邊。

在女兒離家之後，日子又回到過去的孤寂，讓家馨還眞的有點適應不來。不過幸運的是這次維持的時間沒有太長，老公阿坤在茗芳大學四年級的時候，有感體力下滑，出海的工作顯得有點吃力，所以打算提前退休。

「其實幾年前就已經考慮過了，」阿坤將自己的計畫告訴家馨：「魚市場的茂伯跟我提過，要我不跑船之後，去市場幫他。」

對於阿坤的這個規劃，家馨當然舉雙手贊成。

於是阿坤就跟船東說，打算跑完最後這一趟之後，就正式從漁工的身分退休。出海那天，帶著期待即將到來的新生活，也帶著告別像這樣老公一出海就宛如寡婦般的舊生活，家馨不只有送丈夫出門，還一路跟著到了港口，看著丈夫最後一次的出航，只是這個最後一次，卻與家馨所想的有著天壤之別。

很快幾個月的時光過去了，到了預計回港的時間，但是阿坤的船隻卻沒有按照預定回到港口。

當然過去類似這樣的情況，不是沒有發生過，畢竟在海上航行，有些時候時間沒有那麼容易掌握。但是這次不一樣，不只有家馨知道不一樣，就連村裡面幾戶同在那艘船上的人家也知道情況不對勁，主要的原因就是沒有半點消息。因爲即便是出海，也有一些可以聯絡的辦法，但是阿坤的這艘漁船，卻好一段時間沒有傳回任何訊息。

這讓船上所有船員的家人，都感覺到坐立難安，其中也包含了家馨。焦急等待的同時，家馨每天到村裡的廟裡拜拜，祈求老天爺，可千萬不要發生什麼事情才好。

夫妻倆努力了這麼多年，好不容易熬到了退休的日子到來，兩人終於可以一起補回過去錯過的那些時光，如果真的就此落空，家馨說什麼也不甘心。

現在唯一的希望就是十多年前曾經有過一次類似的經歷，那一次也是像這次一樣，漁船與陸地斷了聯繫，當時的家馨也是像現在這樣，懸著一顆心，只能不斷向老天爺禱告。結果幾天之後，老公阿坤的船隻，順利回到港口。

現在家馨真的期盼這一次也會與上次相同，幾天之後漁船就會出現。不過這一次，老天沒有像上次那樣回應家馨的祈禱，幾天之後，村長告訴大家船難的消息。

實際上阿坤的漁船經歷什麼樣的情況沒有人知道，但是其中一位船員的屍體，在另外一個海岸邊被人打撈了起來。

原本還期待著這會不會單純只是一件落海的事件，可是接下來傳回來的消息，卻是一次又一次粉碎了家馨與其他焦急等待的家屬們的希望。根據其他漁船的回報訊息研判，阿坤所在的漁船，極有可能真的發生了船難。

這個結果，等於推倒了家馨人生中最重要的一面牆，同時也讓家馨的未來規劃，全部都亂了套了。

夫妻倆原本還規劃了，等到退休之後，阿坤會帶著家馨，一起到過去那些阿坤曾經到過、覺得一定要帶家馨去看看的世界各地。

如今這計畫，也跟著這場船難，一起沉入海底，永遠都不可能實現了……

2.

家馨回過神來，發現自己已經放空坐在家門口不知道多久了。

以前常常聽人家說「放空」，但是家馨卻完全不懂那種感覺，總覺得要讓大腦靜下來，什麼都不想，呈現空靈的狀態，是一種極度違反人性的行爲。因爲如果讓大腦想著什麼都不要想，其實本身就是在想這件事情，無法眞正做到放空這回事。因此過去的家馨感覺，所謂的放空只是外人觀察的一種形容，並不是眞實可以存在的一種狀態。而當一個人聲稱自己在放空的時候，只是不打算分享自己眞實的想法罷了。

然而，在得知即將退休的老公發生船難的消息之後，家馨才知道自己錯了。

在得知這個消息後，家馨的內心產生了許多宛如波濤洶湧般的起伏變化，從一開始的拒絕相信，等待奇蹟，到最後的放棄，不得不接受這個事實。

眞正的傷痛，就是從這時候開始發酵，家馨開始爲了老公，也更多時候是爲了自己，而痛哭失聲。那一段時間，幾乎都是天天以淚洗面的日子。尤其是獨生女茗芳不在自己的身邊，更是讓這段日子度日如年。

孤單讓這段時期特別難熬，好幾次承受不了內心的那種痛苦，讓家馨眞的有一死百了的想法，不過都因爲想起自己還有個女兒茗芳的關係，打消了念頭。

其實對家馨來說，眞正難受的不單單只是失去老公這件事情，對一個漁工的老婆來說，獨守空閨已經可以算是家常便飯了，眞正讓她不平的是，好不容易熬了那麼多年，終於可以不用再過這種日子，卻被告知從此之後，永遠都不能逃離這種日子。就好像好不容易坐了三十年的牢，終於快要出獄了，卻被告知一輩子都不能出獄。

這種痛苦讓家馨過去那些獨守空閨的日子，看起來就像度假一樣簡單。

然而人終究是很容易適應的動物，在熬過這段日子，或許是淚流乾了，也或許是心眞的死了，悲傷不再隨時襲來，日子彷彿又開始恢復平靜。

就是在這種情況之下，家馨發現自己自然而然學會了放空。

在痛不欲生的那段哀傷過後，隨著悲痛退去，自己似乎有一部分也跟著被掏空了。或許就是這些被掏空的部分，才讓自己學會了放空。

生命中的一些事情，彷彿變得不再重要。

日子在那之後變得模糊，今天、明天跟昨天，全部都混在一起。

唯一還留在自己生命中的意義，引起家馨注意的，恐怕就是獨生女茗芳了。偏偏今年是茗芳人生中最重要的一年，她需要面對足以改變她一生的國家級考試，所以家馨根本不敢打擾她，就連阿坤的事情，也沒有告訴她。

家馨打算等到茗芳考完試之後，讓她回村子一趟，再把這件事情告訴她。因爲船難的關係，阿坤的大體現在也還沒找到，所以並沒有舉辦喪禮與告別式。

家馨會決定先不要告訴茗芳，一方面當然多少還是抱著希望，另一方面也是希望不要影響到茗芳的心情，讓她可以專心準備人生中最重要的考試。

因此面對這人生中最大的巨變與傷痛，家馨只能獨自面對。到頭來熬是熬過來了，只是魂彷彿也去了一半。

家馨發現自己變得常常什麼都不做，就這樣坐著發呆，腦袋一片空白，虛度過一整天，肚子也不覺得餓。

就像現在這樣，早上朝椅子上一坐，等到回過神來的時候，天邊已經染黃，時間也瞬間來到了黃昏。

一開始發現這種現象，家馨還有點驚訝，甚至慌張，但是次數多了，就連家馨自己也無所謂了。

以前在村子裡面，看到有很多老人家，似乎就跟現在的自己一樣，成天就坐在家門口前發呆，當時家馨還覺得很好奇，就坐在那裏什麼都不做，不會很無聊嗎？

如今才知道一切都是自己太天真了，當生命失去了目標，很容易就真的會變成渾渾噩噩的在過日子。自己之所以無法想像，就是因爲生命中缺少了那些老人家的滄桑。

這讓家馨不免羨慕，甚至有點忌妒過去那個天眞的自己。

至少，那時候的她絕對無法想像自己有朝一日會變成現在這樣吧！光是這點就已經讓家馨感覺到妒忌。想到這裡，家馨也只能搖頭嘆氣。

家馨無奈站起身來，準備將大門關起來，收拾收拾之後，草草上床睡覺，結束這空虛的一天。

然而就在家馨準備關門結束這看似平常的一天時，一個身影出現在遠方的路上，一開始家馨還不在意準備繼續關門，不過乍看之下，突然覺得那個身影似乎有點熟悉。

轉過身再看個清楚，臉上的表情從疑惑逐漸轉變成爲驚訝。因爲那個身影，看起來竟然會如此熟悉，而隨著那人逐漸朝自己家走過來，那驚訝的神情越來越誇張。

最後，家馨終於看清楚了，那朝自家走來的人，眞的是那個自己以爲這輩子再也見不到的老公，阿坤。

雖然曾經說過，只要一天沒有找到阿坤的屍體，自己就不會放棄希望，但是經過了這些日子，內心其實已經接受了這樣的結果。

因此突然見到了自己的老公，眞的讓家馨整個人都傻了，她愣愣地看著走到自己面前的阿坤。

阿坤的臉上掛著熟悉的笑容，對家馨說道：「我回來了。」

在確定走來的人是阿坤後，家馨就好像被魔法給定住了一樣，而此刻阿坤的話，彷彿就是解開這魔法的口訣般，讓家馨恢復了行動。

「阿坤，」家馨伸出顫抖的手，朝阿坤摸去：「眞的是你嗎？」

手碰到阿坤的同時，阿坤也點了點頭。

「是眞的……」家馨再也忍不住眼眶裡的淚水，激動地說：「你眞的回來了。」

話一說完，家馨撲向前，用力一把抱住了阿坤，放聲嚎啕大哭了起來。也不知道就這樣抱著哭了多久，等到兩人分開的時候，家馨的雙眼都已經哭腫了，不過情緒至少平復了一點。

「眞是笑死人了，」家馨自嘲地說：「人回來了也哭成這樣……」心情稍微平靜一點的家馨，立刻詢問阿坤是怎麼回來的。

阿坤告訴家馨，自己的船發生了船難，整艘船都沉了，所有人都落海失散了。

自己雖然拼命撐著，但是到最後還是因爲體力不支暈了過去。等到醒來的時候，就在那艘救起自己的船上了，他們還把自己送到了港口。

聽到阿坤的說法，家馨眞的開心到又流下了眼淚。看樣子這一次，老天又聽到了自己的禱告。

家馨要阿坤先好好休息，自己去市場買些好料，好好慰勞一下這個歷劫歸來、平安返家的老公。另外也需要準備一些祭品，明天好好到廟裡答謝神恩。

家馨二話不說，立刻拎著包包出發，走在這條已經走過三十年的路上，明明看起來沒什麼變化，此刻也彷彿變得鳥語花香，讓家馨臉上始終掛著一抹甜蜜到不行的微笑。

市場緊鄰在港口邊，從家裏的方向到市場，會經過港口。即便都已經到了市場外，家馨臉上的笑容仍然沒有半點改變，不過就在即將進去市場的時候，家馨突然定住了。

她察覺到有點不太對勁，臉上的笑容也因此有點僵住了。

她停下腳步，愣愣地站在市場門口一會之後，緩緩地轉過身去。

家馨的身後，就是平常人來人往、整個村子最繁華的港口。

雖然說港口會隨著旺季與淡季，或者是有無船隻回港等因素影響，讓人流有些許的變化，但是再怎麼樣也不應該像現在這樣，幾乎空無一人。

這就是讓家馨感覺到奇怪的地方，她不記得在自己的記憶中，有看到過港口這麼冷清過。

而且如果真的如阿坤所說，自己是被鄰近的漁船搭救，送回到這裡的，那麼港口不應該空無一人才對啊。

而且阿坤所在的那艘漁船，應該也有其他村裡的人，如果知道了阿坤被人救上來，肯定會想要知道更多詳情才對，所以此刻的港口應該有很多人圍著那艘救阿坤上岸的船才對……

看著空蕩蕩的港口，讓家馨還以爲阿坤騙了自己，其實阿坤根本打從一開始就沒有上那艘漁船，所以壓根沒有遇到過船難，現在只是外面待不下去，想個理由回來而已。

然而仔細想想，如果是在過去任何一次的出航，這樣的想法家馨可能會相信，因爲過去自己都只送阿坤到門口，之後來港口有沒有上船，或者是最後有沒有出航，自己都沒親眼看到，這樣的說法或許還說得過去。

但是偏偏這一次，因爲阿坤準備退休的關係，這最後一次的出航，自己確實送阿坤到了港口，甚至親眼看著船隻緩緩駛離港口後，自己才回家。所以這個可能性很快就被自己推翻。

如果不是這樣的話……還有什麼可能呢？

愣愣地看著空空如也的港口，家馨彷彿了解了什麼。

因爲這時的家馨突然想到了今天是七夕，而在華人的世界之中，這就是牛郎與織女重逢的一天。

難道說……其實老公阿坤終究還是沒有能躲過那場劫難，之所以會出現在自己的面前，就是因爲老天特別給自己的一種恩賜？

但是如果眞的是這樣的話，明天天亮，或許老公又會消失？

望著空蕩蕩的港口，家馨不知道接下來該怎麼做，更不知道該怎麼面對自己與老公。

心情就好像洗了三溫暖一樣，從荒原到了天堂，然後瞬間又墜落谷底。

愣愣地站了不知道多久，家馨終於整理好了自己的想法與情緒，雖然說心情有所改變，不過她還是想要弄一頓豐盛的晚宴，讓多年來一直爲這個家打拼的老公，好好吃這頓返家餐——即便這是老公與自己在一起吃的最後一餐。

3.

阿坤回過神來，眼前是一片藍天白雲的景象。

阿坤感覺到身體晃動，便撐著地板站起身來，想搞清楚到底自己身在何處。

看著自己所在的甲板，感覺十分陌生，跟自己長年服務的船隻有著很大的區別。

都什麼年代了……竟然還有這種古老木製的甲板？

看著這樣的甲板，阿坤覺得有些不可思議。

雖然對眼前的一切感覺到陌生，但是至少可以確定一件事情，那就是自己現在身處的船隻，絕對不是自己所熟悉的漁船。

看著遠方的海天一線，腦海裏面也頓時浮現出一些回憶。

他想起了也是在這樣看起來晴空萬里的日子，他所待的那艘大漁號遇到了意外。一連幾波突如其來的巨浪，將船隻給打翻，連阿坤在內的所有船員，都因此落入海中。

一開始他們還試圖想要靠在一起，但是因爲波浪將眾人給沖散，等到穩定下來的時候，阿坤身邊已經沒有任何其他的船員了。

在海上勉強撐著的阿坤，用盡一切體力讓自己浮在水面上，希望可以等到救援，但是最後還是因爲體力不支，失去了意識。

等到自己回過神來的時候，就是在這艘船上了。

想起這些回憶之後，阿坤不免擔心自己同船的那些夥伴，於是開始在船上找人打算問個清楚。結果雖然找到了幾個船員，但是雙方似乎因爲語言不通的關係，完全沒辦法溝通。

仔細看了一下這艘船，似乎有很多地方有些奇怪，整體感覺不太像是近代的漁船，至少是從小到大都在港口長大的阿坤，從來不曾見過的船體。

這不免讓阿坤好奇，這艘船到底是從哪裡來的？

但是因爲無法溝通，這個疑惑根本不可能得到解答。

當然，這些疑惑倒還在其次，對阿坤來說，眞正該擔心的，應該還是接下來的事情。一想到接下來該怎麼做，阿坤第一個想到的人，就是家馨。

照正常來說，船隻遇難的事情，應該很快就會傳回村落。如果自己不趕快回家，那麼不知道自己還活著的家馨，一定會被這個噩耗打擊，白白傷心一場。

因此阿坤知道，自己的當務之急，就是要趕快上岸。

就算不能回家，也應該立刻與家裏取得聯繫，讓家人不要爲自己擔心。

就在阿坤這麼打算的時候，遠處的海平面出現了陸地的跡象，看著逐漸靠近的陸地，阿坤的內心有種鬆了一口氣的感覺。

只要能夠靠岸，不管是哪裡的港口，應該都有辦法找到可以多少溝通一下的人，到時候就能夠幫自己釐清許多問題，解決這些當務之急了。

因此阿坤打定主意，等等只要靠岸，自己不管怎樣都要想辦法下船，然後至少先想辦法跟家裡取得聯繫再說。

然而隨著那陸地越來越靠近，景物也越來越清楚，這樣的想法開始逐漸散去。

因爲越來越靠近的這些海岸線看起來，有種讓人難以置信的熟悉。

阿坤很快就認出來，這些景象就是自己的故鄉，這艘船不只是靠近陸地，而且靠近的地方，正是自家的漁港。

對於眼前這不可思議的情況，阿坤大概也猜想到了，自己可能眞的已經昏迷好一段時間了，在這段期間，把自己救起來的船隻，即便語言不通，可能早就透過無線電知道了自己的身分與所屬的地區。

這是阿坤唯一想到的合理解釋，不然世界上有成千上萬的漁港，這艘船沒理由就這麼剛好，選擇停靠的港口，就是自家漁港。

雖然說就地理位置來說，阿坤的漁船當時正在返航途中，本來就離港口不算太遠，能夠救起自己的船隻，肯定也是在附近，因此計畫在自家漁港這邊補給一下，似乎也沒有那麼不可思議。

但是阿坤還是認爲，一定是因爲知道自己就是這個漁村的人，所以才會特別停靠在這裡，而且村裡的人應該知道自己即將歸來的消息。

因此阿坤期待著在港口會有他的家人以及村長、村民們，慶祝自己大難不死的返鄉。

然而現實卻是港口空無一人，船隻靜靜地靠港之後，也只有阿坤一個人下船。

等到阿坤下船之後，那艘不明的船隻，就立刻緩緩地駛離了漁港。

雖然阿坤的內心充滿了疑惑，但是對於能夠回到故鄉，阿坤可是一點意見也沒有。

於是阿坤立刻朝自己家而去，最後在家門口，與自己思念多時的妻子家磬，上演了感動的重逢戲碼。

看到自己的丈夫奇蹟式的生還，並且完好無缺地回到了家，家馨的反應與阿坤想像的相去不大，兩人相擁而泣之後，家馨還開心地說要去市場買些好料，讓阿坤好好吃一頓。也提到了要謝神，感謝神明讓阿坤能夠平安歸來。

在家馨前往市場後，阿坤走進屋內。

才剛踏進屋內，阿坤就感覺到有一股奇特的霉味，這種味道通常都是一個空間長時間沒有人使用才會出現的味道。

一開始阿坤還以爲是自己太久沒有回家，不過走到屋內，就看到了桌子上堆積了一層灰塵，讓阿坤不自覺地皺起了眉頭。

心中帶著疑惑的阿坤，走到自己的臥房，跟客廳一樣的是，家具上面都布滿了灰塵，看起來就好像有很長一段時間，沒有人住在這裡的感覺。

這是過去從來不曾有過的奇怪現象，讓阿坤眞的不能理解。

畢竟這些年來，家馨一直都把這個家打理得很好，不曾有過這樣的情況。

然而比起埋怨妻子的失職，更讓阿坤擔心的是那股心中不斷高漲的不安。

因此阿坤轉身離開了臥房，想看看其他地方的狀況，是不是都跟客廳、主臥一樣，結果看了一下其他房間，都一樣布滿了灰塵，接著等到阿坤來到了廚房的時候，阿坤停下了腳步。

在廚房的地板上，留著一大灘看起來就有點怵目驚心的痕跡，看起來像是有人打翻了一大桶醬汁，並且放置長時間都沒有清理後，殘留下來的黑色痕跡。

看到這灘痕跡，阿坤的內心更是一沉，姑且不論這痕跡原本到底是什麼，光是會留下來沒有清理，就證明了廚房已經長時間沒有人使用過。

這到底是怎麼一回事？

內心感覺到困惑的阿坤，最後來到的地方是餐廳。

在餐廳的一側牆壁上，應該有阿坤家的祖先牌位，但是此刻上面的牌位已經不翼而飛。

總總跡象都讓阿坤感覺困惑不已，而且不管哪個跡象都讓阿坤備感不安。

阿坤坐在客廳，想了很久，雖然還是沒能得出一個確切的答案，不過卻有幾個可能性浮現在腦海之中。

從屋子裡面的狀況看起來，似乎已經很久沒有人在裡面生活了……

光是這一點，就已經讓阿坤整個心情都沉到了谷底。

如果不是老婆偷漢子，已經跟別的男人在別的地方生活了好一陣子，就是妻子根本已經……不在人世間了。

這是從現場堆滿灰塵，加上家裡牌位不翼而飛，以及廚房的痕跡做出來的推斷。

比起偷人來說，阿坤不知道爲什麼更相信後者，因爲如果眞的是跟別人跑了，沒理由會在今天那麼剛好就跟自己遇上了。

因此一個理所當然的推想，就這樣浮現在阿坤的腦海之中。

阿坤猜想自己船難的消息傳回來之後，家馨因爲受不了打擊，所以在廚房自我了斷，那一大灘黑色的痕跡，就是當時殘留下來的血跡。

雖然說到頭來，阿坤也沒有什麼實質的證據，可是當這樣的想法浮現在腦海之後，就揮之不去，完全沒辦法想到其他的可能性。

不行，這樣想下去不是辦法。

阿坤站起身來，準備來去村長那邊問個清楚。

結果才剛走出門，老婆家馨已經提著大包小包回來了。

「等我一下，」家馨說：「把這些東西裝一裝，煮鍋飯，我們很快就可以開飯了。」

因為擔心阿坤餓到了，所以家馨買回來的幾乎都是熟食，只要裝盤立刻就可以吃。

家馨說完就要朝屋子裡面走去，這時阿坤想到了廚房的痕跡，一把抓住了家馨的手說：「不用了，不用煮飯了，我們就直接在這邊吃這些菜就可以了。」

當了一輩子的漁工，阿坤聽過不少鄉野傳聞，印象中有一個傳聞是，如果讓不知道自己已經去世的鬼魂，到了自己身亡的地方，鬼魂就會消失的說法。

不管怎麼樣，如果夫妻倆還可以好好坐下來吃一頓飯，對阿坤來說也是非常有意義的一餐，因此阿坤才會阻止家馨進去，擔心她到了廚房看到了那灘血跡，說不定就會消失了。

「真的嗎？」家馨則是一臉疑惑：「煮飯一下子就好了，你要是餓了可以先吃點菜。」

「真的不用啦，」阿坤淒然一笑地說：「重點不是吃什麼，而是跟誰吃，不是嗎？」

聽到阿坤這麼說，家馨抿著嘴，眼眶似乎也湧現了淚水，但是沒有流下來。

家馨點了點頭。

雖然彼此沒有多說什麼，但是夫妻倆卻在這個時候，意外地心靈契合，彼此都有著跟對方吃這最後一餐的心情。

正因爲彼此都懷有這樣的心情，所以兩人這餐吃得既溫馨且哀傷。

兩人都將自己心裡深藏已久的話，彷彿告白一樣向對方傾吐。

這邊謝謝她長久以來將這個家照顧得很好，女兒也很順利成長之類的；那邊則謝謝他爲了家長期出海，支撐著這個家的經濟。

每一句話都彷彿要催出對方的淚水般，感人又不捨。

然而吃著吃著，一個身影卻浮現在不遠處的路上，即將改變這一頓看似歡喜實則哀傷的家宴。

4.

茗芳回過神來，發現自己正坐在返鄉的車子上。

自己已經多久沒有回家了？

看著熟悉的路口，緩緩地接近時，茗芳這麼想著。

車子靠站之後，茗芳下了車，朝著自己家的方向走去，車站距離自己家約莫十多分鐘的路程。

這幾年爲了準備國家考試，茗芳變得很少回家，不過四周圍的景色，倒是沒什麼太大的變化。

雖然這讓茗芳多少有點內疚，想到讓媽媽一個人在村子裡面生活多少還是有點不捨，內心其實是希望可以多撥點時間回家，但是記得上次爸爸說過，再跑完這最後一趟，就會正式退休，改到市場去工作，那麼將來爸媽兩個相伴，也比較不會那麼孤單了。

想到這裡，多少讓茗芳有點釋懷，內心對於好一段時間沒有回家的內疚，也減輕了不少。

這麼想著的同時，已經走過大半的路程，遠處自己那熟悉的家，已經可以看得到一些部分了。茗芳加快自己的腳步，希望可以早點見到父母，對家的思念也在這個時候全部湧現出來。

結果人還沒回到家，剛轉個彎就看到自家門前的庭院，那兩個讓茗芳思念的身影，父親阿坤與母親家馨就坐在庭院的桌子吃著飯。

其實說是庭院，說穿了不過就是大門外的一個小空間，平常父親沒有跑船的時候，時常就坐在那裡跟朋友泡茶聊天，除非有什麼特別的原因，不然其實他們一家人吃飯的時候，還是在屋內比較多。

不過只要能看到思念的父母，其實茗芳倒不是很在意在哪裡吃飯。

於是茗芳加快自己的腳步，朝爸媽而去。

「爸！媽！」茗芳遠遠地呼喚著兩人。

原本專心吃著飯的兩人，這時聽到了茗芳的聲音，都轉過頭來。

一看到茗芳，夫妻倆同時都站了起來，臉上浮現的都是又驚又喜的表情。

對這一家人來說，茗芳這一回來，意味著一家都團圓了。

阿坤與家馨同時迎向茗芳，而就是這麼一個彷彿是鏡子般相同的動作，立刻讓兩人的臉色起了些微的變化，這些微的變化盡管不明顯，但是就連茗芳也注意到了。

只是茗芳當然不可能知道，此刻在爸媽的心中，都已經認定對方是身亡的鬼魂，因此這畫面看起來就好像是有個鬼魂正朝著自己的寶貝女兒而去，臉上原本只有幸福洋溢、滿心歡喜的表情，自然會蒙上一層陰霾。

不過目前來說，兩人也真的就只有表情的略微變化，兩人上前一人一邊各抓著女兒的一隻手，把她一路牽回了院子的桌旁。

「怎麼要回來也不先跟爸媽說一聲，爸可以去車站接妳，妳就不用搭車回來了。」

「女兒啊，妳是不是瘦啦？」

阿坤與家馨雖然嘴巴說著些關心女兒的話，但是雙方還是各自抓著茗芳的一隻手，有種對方不放自己也不安心放開的感覺。

雖然說每次回來，爸媽都會有點過度熱情，總讓茗芳一開始會有點不習慣，不過像這樣兩人一直抓著自己的雙手不放，還真是前所未有的經驗，這樣的情況眞的讓茗芳有點不安與困惑。

「爸，媽，你們還好吧？」茗芳皺著眉頭問。

原本應該是一句很稀鬆平常的問題，但是想不到這個問題，卻讓兩人的內心掀起了意想不到的波瀾，甚至讓原本只是檯面下的較勁，瞬間躍升到嘴皮子上。

「媽很好，」家馨先說：「但是妳爸可能就不是很好了。」

聽到家馨這麼說，阿坤也立刻反駁：「妳才不好咧，我好得很，小芳妳過來，爸有事跟妳說。」

阿坤說著說著就要把茗芳拉到旁邊，家馨這邊當然不可能放手。

「你放手啊！」

「妳才放手！」

兩人不只有用嘴巴互相要對方放手，手上也沒閒著，拼命將女兒朝自己這邊拉。結果雙方就好像把茗芳當成了拔河用的繩索般，用力拉了起來。

「你們到底是怎麼回事啦？」茗芳叫道：「有話好好說啊。」

茗芳完全不能了解，爲什麼原本還一團和樂融融的爸媽，竟然會在看到自己回來之後，有了這麼大的改變。明明自己還沒出聲的時候，兩人還坐在一起，感情很好地吃著東西，誰知道看到自己回來之後竟然變成這樣。

不過兩人現在也沒空跟茗芳解釋，只想要快點把茗芳拉過來，遠離已經變成了鬼魂的對方。

「你瘋啦！」家馨叫道：「這是你的女兒耶，你要抓……找人不能找別人嗎？」

「妳才要找人咧！」阿坤叫道：「妳還不放手？」

眼看兩人越拉越大力，情緒也越來越高漲，也不知道是自己錯覺還是怎樣，茗芳看自己的雙親，臉色也越來越不對勁，頭髮都揚了起來，甚至連嘶吼的嘴巴都彷彿有著獠牙般，看起來越來越駭人。

兩人幾近瘋狂地扯著茗芳，根本完全無法冷靜下來。

被兩人這樣全力拉扯，茗芳感覺到自己都快要眞的被撕成兩半了，但是更詭異的地方是，她竟然一點也不覺得痛。

或許是因爲太過於激動的情緒，讓她忘記了痛楚，但是面對爸媽彷彿發了瘋似的狀況，茗芳也眞的又怕又慌，只希望這一切快點停止。

也不知道過了多久，茗芳感覺到自己眞的就快要被撕開的時候，一個聲音傳來喝止兩人。

「住手！兩個人都住手！」

夫妻兩人同時朝聲音的來源看去，看到了開口的人之後，慢慢地停下了拉扯的動作。

當然如果只是一般的其他人，甚至是親朋好友，不可能光靠一聲制止就能平息兩人的瘋狂，但是出現的這個人，確實是這混亂場面中，唯一一個可能解決爭端的人。因爲喝止兩人的不是別人，正是絕對足以釐清眼前這混亂狀況的村長。

村長的一家三代都在這個漁村擔任村長的職務，諷刺的是村長一家卻從來不曾出現過討海人，而是村子裡面信仰中心的廟公。

由於一家三代都擔任村長的關係，加上本身的廟宇又是村子裡的信仰中心，因此村長在村子裡面，不只德高望重、說話很有份量，也是村民們解決紛端的重要人物。

當村民們有什麼難以解決或者決定的事情，幾乎第一個想到的就是這位村長。除此之外，村裡的大小事，村長責無旁貸，也都知道得很清楚。

所以當猜到家馨是不是已經死掉的時候，阿坤第一個想要問的人，也是村長，只是剛好在門口遇到了家馨，不然阿坤肯定直奔村長家。

因此村長的出現，確實可以釐清一些眼前混亂的狀況。

所以兩人在看到村長前來，都停下了手，不過拉扯的動作，停是停止了，但是那雙手還是緊緊抓著自己的女兒不放。

5.

村長費了好一番功夫，才讓這激動的一家人，暫時壓住自己心中想要說的千言萬語，重新坐回到原本應該是兩夫妻用來吃最後一餐的餐桌旁。

四人圍著餐桌而坐，兩夫妻也在村長的勸說之下，鬆開了緊抓女兒的手，因此彼此之間變成了隔了段看起來就是爲了保護自己與其他人的距離。

等到大家都坐好之後，村長才幽幽地開口。

「阿坤啊，」村長看著阿坤說：「你當年出海的那艘船，遇到了船難，這你應該知道。」

阿坤點了點頭，這點他還有印象，不過接下來的事情……

「載你回村的船，」村長停頓了一會之後說：「不是什麼路過的漁船，而是……專門送被溺死的人，在七夕這天回到陸地上的擺渡船。」

聽到村長這麼說，阿坤瞪大雙眼，開口想要說什麼，但是瞬間又彷彿是了解了什麼一樣，沒有將話說出口。

因爲腦海裏面浮現出來的，正是當時看到那船詭異的模樣，因此阿坤終於理解到了，村長所說的話，恐怕是眞的。

只是一時之間，還沒有辦法接受自己是鬼這件事情。

雖然說家馨的心中爲自己的老公阿坤感覺到難過，但是保護自己女兒的心情，卻沒有半點動搖，尤其是村長的話，更加證實了自己的猜想，阿坤確實已經死了，只是因爲今天是七夕，才會現身在自己面前。

因此家馨朝女兒那邊靠了過去一點，至於茗芳則是一臉哀傷地看著自己的父親。

「然後是家馨啊……」沒等阿坤完全消化與接受，村長轉向了家馨這邊說道：「阿坤那艘船，有一半以上都是我們村子裡面的人，所以當年的船難，眞的讓村子陷入一片愁雲慘霧之中。」

家馨低下了頭，當時傳來船難消息的心情，又再度浮現在心頭。

「那時候村子裡面一團亂，爲了處理大家的事情，我幾乎沒有多少心思可以注意到村裡的狀況……」村長一臉惋惜地說：「直到阿娟跟我說，已經很久沒有看到妳，我才趕到妳們家，但是已經太晚了。」

聽到村長這麼說，彷彿有什麼畫面浮現在家馨的腦海之中。

「警方說，」村長皺著眉頭說：「妳應該是在廚房滑倒，頭去撞到爐灶，要是早點發現的話，可能還會有救……」

是的，家馨想起來了，自己當時確實如村長所說的，因爲意外的關係，撞傷了自己的頭，被人發現的時候，已經回天乏術，斷氣超過一天了。

結果也正如阿坤所料，廚房地板的那灘血跡，眞的是家馨死亡時所留下的。

想不到兩人吵了半天，結果兩人都是鬼，讓夫妻倆頓時覺得自己先前的行爲，眞的是要多蠢有多蠢。

兩人互相看了一眼之後，伸出了各自的手，緊緊地握在了一起。

看到爸媽又和好如初，讓茗芳心疼難過兩人的遭遇，想要伸出手握自己雙親的手。

不過在這個時候，村長那張宛如死神般宣告死亡的口，再度發聲打斷了茗芳。

「最後就是茗芳了……」聽到村長這麼說，不管是阿坤還是家馨，都瞪大了雙眼：「這件事情眞的是我的錯，我不應該讓員警跟妳連絡。」

聽到村長這麼說，茗芳似乎想起來了……

那天是國考公布結果的日子，一大早她就坐立難安地等待著，但是結果卻讓人難受，自己又落榜了。

而就在茗芳爲自己又浪費了一年，在床上抱頭痛哭的時候，電話響起，茗芳接起來，電話那頭是個員警打來的。

結果裡面傳來的，卻是讓人難以置信的噩耗。

原來爲了不影響茗芳準備國家考試，所以媽媽家馨一直沒有將爸爸船難的消息告訴茗芳，打算等今年考試都過了之後，讓茗芳回家一趟，再把這個不幸的噩耗告訴她。

結果透過員警得知媽媽因爲意外死於家中的同時，問起了爸爸的狀況，員警在不知情的狀況下，告知爸爸阿坤早就已經船難的消息。

結果就變成了這樣，在茗芳還沒從落榜的打擊中恢復，就接到了父母雙亡的消息，人生最糟糕的幾件事情，幾乎全擠在這一天發生。

在打電話給村長，確定了消息的眞僞之後，當天晚上，受不了打擊的她就這樣自殺了。

而就在茗芳想起這一切的時候，夫妻倆也從村長口中得知了這個事實，兩人張大了嘴，一臉難以置信。

「你們一家三口，」村長的聲音有點哽咽：「在短短一年之內，相繼去了，偏偏你們離世的情況都不一樣，阿坤溺死在海上，家馨意外死在家中，然後茗芳自殺……」

夫妻倆聽到村長這麼說，早已經淚流滿面，心疼地看著自己的寶貝女兒。

「因爲這個關係，」村長接著說：「到了另外一個世界，完全在不同的地方，結果生前無法團圓，死後也無法聚首。」

照華人的習俗來說，依據死法的不同，確實在死後會存在的地區也不盡相同。

「今天是七夕，」村長抬頭看著天空說：「只有在這一天，鬼魂們可以回到自己心中最掛念的地方……見到自己最放不下的人。」

村長感慨般地停頓了一會之後，看著這一家三口說：「時間就只有這麼一天，別再浪費時間了，你們就好好團聚吧。」

聽到村長這麼說，三人先是靠在一起，然後全部抱在一起痛哭。

情況正如村長所說的一樣，他們剩下可以團聚的時間不多了。

媽媽家馨抱著茗芳哭喊著：「傻孩子，妳怎麼這麼不珍惜自己啊？」

然而不管媽媽怎麼哭，都已經改變不了一家三口的命運。

三人就這樣相擁在一起，哭了好一陣子之後，跟村長點了點頭，然後回到了屋內。

對他們來說，這是一年一度短暫相聚的時光，一家人在一起眞的有太多不捨的心情，需要好好述說。

看著三人進屋的背影，村長嚴肅的臉上，終於稍微釋懷了一點。

記得在很久很久以前，自己頭一次跑來告訴三人眞相，看到三人團圓的畫面，自己也曾經跟著他們一家人一起哭。

不過經過了這些年，他已經很習慣了，雖然心情還是有點激動，但是至少不會跟他們一樣那麼激動了。

因此村長調整一下情緒之後，緩緩地轉過身，對他來說，這漫長的夜才正要開始。

因爲七夕這一晚，是最忙碌的一晚。

類似的情況，不只有這一家而已，村子裡面至少有四到五戶，等待著村長去救援，其中比較好解決的大概就只有這一戶了，至於最麻煩的應該是村子最底的那戶張家與王家。

因爲村長除了要好好跟王家人解釋眼前的狀況之外，可能還須要安撫雙方激動的情緒，畢竟對於爲什麼隔壁張家的老公在死後最掛念的人，竟然會是自己家的媳婦，這點恐怕不管是張家老公還是王家媳婦，都得好好交代一下了……

6.

「以前這裡還算熱鬧，」小劉用手比著遠處的海岸線說：「這裡看最清楚了。」

我朝著小劉所比的地方看過去，在那邊的海岸邊，確實留有一些港口的痕跡，爲過去的繁華留下一點證明。

「但是這裡交通不便，」小劉感嘆地說：「所以逐漸沒落，畢竟沒辦法進行大型漁船的補給，自然越來越難跟其他港口抗衡。」

我似懂非懂地點了點頭。

「所以，」小劉無奈地說：「有心想要繼續捕魚的，最後不得已就是選擇離開這裡，留下來的也就隨時間慢慢汰換。現在大概只剩下兩、三戶人家，偶爾會回來整理一下祖先留下來的祖產。」

說到這裡，小劉停頓了一下之後，看著我笑說：「就像我這樣。」

在小劉的介紹之下，我才知道我們現在所處的這間廟宇，就是小劉家的祖產之一，不，更正確的說法，應該是僅剩的一塊祖產。

這間廟宇，坐落在這個村子地勢比較高的地方，一度是這裡居民的信仰中心。身爲廟公的劉家，也自然而然就成了不成文的世襲村長，協調與管理村民們的大小事。

隨著村子的沒落，廟宇的經營也越來越困難，因此最後劉家也選擇離開了這裡。聽小劉說，以前這裡還有一些他們家的祖產，這些年長輩們也陸陸續續處理掉了，聽說過幾年後，這裡似乎有個大型的開發案。不過計畫說了很多年，都沒什麼動的感覺。

雖然說家裡人後來也放棄對這附近的土地有什麼發財的遐想，一一將這些不值錢的土地給處理、分掉，但是唯獨這座廟宇，卻是因爲曾祖父的遺言，才會一直保留至今。

或許是因爲曾祖父多少還是有些使命感，因此才會特別交代後人不准處理掉這塊土地與廟宇。除此之外，還需要有至少一個人，在每年的七夕前夕，特別回來把廟宇整理一下，幫留在這裡的牌位上香。

就是爲了這個「任務」，所以小劉家族協調後決定將這個任務，交給一個人負責，而這一代負責這個重責大任的人，就是小劉他爸。

過去小劉他爸都照著曾祖父的遺言，會在七夕前夕完成這樣的任務。

但是這幾年小劉他爸的身體越來越不行了，所以希望可以將這一年一度的七夕掃廟工作，交到小劉的手上。

只是年輕人哪裡會想要做這些事情，尤其是曾祖父小劉連見都沒見過，自然也不會有什麼感情。

因此對於接任這件事情，十分排斥，父子倆甚至因此大吵過好幾次，不過後來，爸爸出資幫兒子小劉買了一台車，以此爲代價讓小劉接下這個重擔，雙方終於達成了共識。

這也正是小劉會出現在這裡的原因，他想到了一個兩全其美的辦法，就是每年七夕前夕都會呼朋引伴，跟他一起前來這裡，一方面掃墓，另一方面可以到岸邊玩水、烤肉，甚至可以在廟裡的房間過個一夜，第二天再打道回府。

其實這個傳統，聽起來就好像是掃墓一樣，雖然說我確實有聽過中元節有些人家會掃墓，不過堅持要在七夕前夕做這件事情，確實前所未聞，所以也勾起了我的好奇。

我理所當然地問起這麼做的原因，結果從小劉那邊聽到的，就是關於家馨一家人在七夕這天的故事。

雖然我不知道眞僞，但是我也是第一次聽說在七夕這一天，不只有天上的牛郎織女相聚，還有地下的家人團圓，這是我聽過最奇怪的鬼月傳奇。

而就在我爲了得到一個還不錯的故事題材而竊喜的時候，殊不知自己即將迎來一場最恐怖的經歷。

爲了更加記住剛剛小劉所說的故事，我重複在心中大致上消化了一下他所說的那個故事，而就在這個時候，小劉突然開口了。

「我有件事情要拜託你。」小劉說。

「嗯？」我心不在焉地回應。

「我希望你跟廟裡的人說，希望他們記得今年的七夕約定。」小劉淡淡地說。

「啊……？」小劉的話讓我感覺到有點困惑，內心也感覺到有點怪怪的。

「我不太了解你的意思。」我歪著頭，皺著眉。

「我跟你說的那個故事，」小劉低著頭說：「一家三口都不知道自己已經死了，不是嗎？」

我若有所思地點了點頭。

「那我問你，」小劉抬起頭來，雙眼直視著我：「你又該如何確定，自己眞的活著呢？」

小劉的問題，讓我感覺到背脊發寒。

「在你生命中，」小劉接著問：「有沒有任何時間點只要一改變，很可能生命都會完全不一樣，或者是生命有過危險呢？你確定自己眞的有安然度過那些危險與改變嗎？」

我沒有回答，但是如果仔細想的話，誰多少都會有類似的經驗吧？

「不要鬧了……」我承認我是眞的被嚇到了。

而我眞心期盼，他會在此刻笑出來，然後跟我說「開玩笑的」之類的話。

但是，他沒有……

取而代之的，是問了我更恐怖的問題。

「你爲什麼會來到這個村莊呢？」小劉面無表情地說：「你眞的認識我嗎？」

被他這麼一問，我就彷彿被人宣判了死刑般，定在原地，連呼吸都停住了。

是的，仔細想想，我根本他媽的不認識這個小劉啊！

7.

爲了寫人生第一部恐怖電影的劇本，我與製作團隊進行一些可以讓劇本看起來更眞實的田野調查。

基於劇本需要，我們需要參考一些不同風格的墓地，因此連絡了一些單位，好不容易才找到可以幫我們解決疑惑的人。

於是製作團隊便約好了時間，準備與熟知這些風土民俗的廟方人員碰面，詢問關於劇本上一些需要調整與解惑的事情。

我跟著製作團隊一行差不多接近十個人，一起前往那個位於一處沒落漁村的廟宇。抵達當地之後，我們所有人都傻了，因爲廟裡面什麼人也沒有，儼然就是一座空廟。

不可諱言的是，即便當時是大白天，但是所有人之間瀰漫著的是一股詭譎的氣氛。

不過既然來了，也不可能就這樣回去，於是幾個負責聯絡的人，開始想辦法釐清眼前到底是怎麼回事。

我就是在這個等待的時候，遇到了這位所謂的小劉。

當小劉最後問我那個恐怖的問題後，我立刻瞪大雙眼，驚醒了過來。

原來一切都只是一場夢，說實在的，我眞的鬆了一大口氣。

人家常說，日有所思夜有所夢。

我從小就很常做夢，幾乎每天晚上都會做夢，只是夢境的內容，絕大部分都是惡夢。

所謂的惡夢，不一定全部都是出現什麼妖魔鬼怪，有些時候是被人追殺，或者是在經歷九二一之後，會夢到遇到了大地震，而自己所在的大樓正在崩毀的景象。除此之外，還有些神奇的事情，不過因爲這些跟這次的事件無關，在這裡就不贅述了。

頻繁的惡夢，確實給我的人生帶來了許多困擾，其中一個最大的困擾，就是我的睡眠完全不正常，心中多少有點抗拒在完全沒有睏意的情況之下，就躺在床上準備睡覺。

對我來說，這樣執行「睡覺」的動作，讓我感覺眞的渾身不對勁，多半都很難入睡，就算強行睡了，睡眠的品質也不會太好，會一直頻繁地醒來。

只不過不可諱言的是，這些惡夢確實有些成爲了我寫小說或劇本時的靈感，應該也算是不幸中的大幸吧。

我曾經被人問及有沒有什麼靈感，是比較特別的經歷，我的回答大概就是夢。有時候腦袋卡住，或者是劇情理不順的時候，我會躺著想稿，想著、想著大部分會就這樣睡著了。

然後，很幸運的在睡夢中，不但夢到了那些稿子的內容，甚至解決了許多問題。

這讓我多了一個可以名正言順睡覺的藉口，我只要說一句我在想稿，家人與朋友們似乎也沒辦法多說什麼，但是也眞的是如此，夢境不知道幫我解決了多少次問題。

後來在一次作家的聚餐之中，有人提起了這件事情，才發現原來這麼做的人不只有我一個人，有不少人也確實在睡前想稿，後來做夢眞的夢到了些解決的方案或者是後續的劇情。

然而像這次一樣，在這樣小盹一下的情況之下，竟然做了如此完整的夢，實在是前所未見的。

除此之外，不可否認的是，整個事情眞的太奇怪了，我們明明跟廟裡的人約了，但是來到這裡，卻好像荒廢的廟宇，加上附近有很多墓地，所以我才會有這樣的聯想，甚至做了這樣的夢，這樣的可能性絕對不能否認。

醒來後負責聯絡廟方人員的同事也順利聯繫上了，他告訴我們廟方人員是因爲塞車跟一些其他因素的關係，正在趕過來的路上。

而等到廟方人員抵達之後，我們也大概猜到了他們會遲到的原因了。因爲他們不是一、兩個人前來，而是一整家的人都過來了。

照他們的說法，是爲了一邊接受採訪，一邊讓其他人稍微整理一下廟宇的狀況，這讓我不免想起當時夢境的內容，感覺到有點詭異。

雖然說對於這樣的巧合，我感覺到如坐針氈，不過因爲要問的東西太多了，所以在訪問的過程之中，我也眞的忘記了這件事情。

訪問持續了整個下午，而我們的許多疑惑，也確實在這次的訪談之中，得到了一些靈感與解答，也因爲投入的關係，那場不愉快的夢境，也被我拋諸腦後。

不過就在我們即將離開之際，我走在前面，突然聽到後面的幾個工作夥伴，拍了拍我的肩膀說：「你是不是有什麼要跟廟裡的人說的？」

聽到這句話，我的背脊都涼了，不過同一時間，也有一點詭異的安心感。

因爲很顯然夢到那個小劉的人，應該不只我一個人，因此才會有人這樣說。

既然都有人提到了，我覺得我硬著頭皮也應該想辦法講講看，我可不想要離開這裡之後，還要在夢裡回到這個地方，更不想要到頭來還得要自己一個人重返這裡，把對方的心願給了結了。

反正至少我確定一件事情，就是在工作團隊裡面知道這件事情的，絕對不會只有我一個人。

於是我抱著那種好像回到國中時代，準備把情書交給心儀對象的心情，打算信一丟然後就快點逃跑的計畫，回到了廟方人員的面前。

「那個，」我壓低聲音說：「有人交代我跟你們說，不要忘記七夕之約……」

現在是國曆七月中，距離農曆七夕大約還要一個多月的時間。

我丟下這句話，立刻轉身要離開，結果身後立刻傳來了叫聲。

「等等！」那人一臉驚恐地問我：「你說那話什麼意思？」

結果這人大聲的質問，引來了其他人的注意，所有人都靠過來了。

對方將我說的話，告訴他們家人知道，結果每個人都沉下了臉看著我，等待著我給一個交代。

於是在灼人的目光之下，我將自己夢到的內容告訴了對方。

對方原本責備般嚴厲的眼色，在聽到我的解釋之後，顯得有點五味雜陳。

後來在廟方的解釋之下，我才知道，原來他們之所以會約在這裡接受我們的田調，就是因爲他們打算在今天，順便把廟整理整理，提前把七夕整理的計畫完成，因爲接下來全家人計畫在七夕那段時間出國去玩。

光是這個說法，就已經讓我冒冷汗，覺得頭皮都發麻了，不過這起事件比我當時想像的還要恐怖。

因爲更讓我感覺毛骨悚然的是，回程之後，當天到場的製作團隊，每個人都堅持，當時沒有任何人拍我的肩膀或者是跟我說話，我是走到門口突然回頭，去跟廟方講那些話的。

一開始我還以爲是大家在鬧我，因爲如果不是那人拍了我的肩膀，說了那些話，我當天絕對不可能回頭，畢竟我壓根都已經忘了這件事情了。

不過看到大家的反應與態度，我也知道他們恐怕是說眞的。

因爲在那之後，差不多有一個月的時間，整個工作團隊沒有人敢跟我獨處在一個室內。每個人看我的眼光，多少都有點怪怪的，持續了大概一個多月後的現在才逐漸恢復正常。

至於關於那漁夫一家人在七夕重逢的故事，到底是不是過去眞實發生過的事，就留給各位朋友去判斷了……

至少我是信了。

第三篇

碟仙請降壇

尾巴Misa

「碟仙、碟仙請降壇。碟仙、碟仙請降壇。」

林雍打了一個大哈欠，意興闌珊地看著黑板上的時鐘，在內心倒數著秒針抵達12的位置還有多久，最終在下課鐘響的瞬間，他站起來伸了一個大懶腰，發出大大的聲音：「啊～～」

「林雍，我還沒說下課。」台上的王阡柔任教經歷約莫三年，但過於稚氣的娃娃臉蛋總是不夠威嚴，讓學生們不把她放在眼中。

「但是已經鐘響囉，老師您不也是沒加班費嗎？那麼認眞做什麼，準時下課就好啦。」林雍揚起好看的微笑，對王阡柔眨了眼睛，並且迅速揹起書包。

「是呀，而且只不過是暑期輔導，我們明年就要畢業了，老師也快點下班吧。」身爲林雍的女友，鄭貞仁倒是很遵守「夫唱婦隨」那套，只要是林雍任何行爲，她都會立馬表示贊同並且支持。

林雍瞥了鄭貞仁一眼，輕輕嘆息，正準備開口說些什麼的時候，坐在旁邊的潘潘手機掉到了地上，而前方的蝦子迅速轉身彎腰撿起。

「蝦子！你做什麼！」潘潘喊道。

「我要看妳都在跟誰傳簡訊，一整堂課都不認真！」宛如瘦皮猴的蝦子迅速朝另一個方向跑，期間還撞到了其他人的桌子，而比他還要高半顆頭的潘潘在後頭追趕。

「你們這群……！」王阡柔怒不可遏，但眼前這群學生她確實管不動，可是又不能在此刻退縮，那會喪失她僅存的威嚴。

只是，她又能怎麼辦？

總歸要下課的不是嗎？

事實上，現在也已經是下課時間了。

「……下課。」所以最後王阡柔只能這麼說。

「還不是要下課。」張安冷笑一聲，將課本蓋起，收到了抽屜之中，揹起那扁平到明顯沒裝任何課本的書包，站起來準備離開教室。

「等一下，你們……」王阡柔話都還沒說完，走廊傳來急促的跑步聲，似乎還帶著騷動，隱約還能聽到遠方傳來的叫囂聲。

「怎麼回事？」林雍皺眉，而鄭貞仁的手已經勾上了他，林雍不著痕跡地抽回手。

大家的眼神看著走廊上奔跑來去的人群，王阡柔立刻衝了出去詢問發生什麼事情，過一會兒她臉色蒼白又驚恐的回到教室，那恐懼渲染了班上的每個同學，坐在角落幾乎一整天都低著頭的蘇茗茗也抬起臉。

「發生什麼事情了？」林雍問，空氣中滿溢著緊張的氣氛。

「高天晴她——」

高天晴，是二年五班蠻受矚目的女孩，倒也不是她樂觀開朗或是調皮之類的關係，而是與生俱來的一種引人注意的氣質，一頭烏黑的長髮紮成兩條辮子，白皙的臉蛋沒有任何瑕疵，像是精緻的陶瓷娃娃一樣。而她的成績也是一等一的好，明明該是受歡迎的中心人物，但她卻總一個人待在座位上，無論怎麼跟她搭話，她都靜靜地看著自己的書本。

久而久之，班上的人也鮮少會和她往來，她就這樣成為了一個受人注目的安靜存在。

然而這樣的女孩，怎麼會在舊校舍自殺呢？

「欸，我們眞的要這樣做嗎？」潘潘有些緊張地東張西望，抓緊了前方的蝦子。

「很痛耶！醜女，輕一點啦！」被捏到肉的蝦子吼了聲，聲音迴盪在空蕩的走廊間。

「不是說安靜一點嗎？」張安冷哼一聲，將手機的手電筒往前方照射。

他們一行人走在沒有燈光的舊校舍，只能靠著手機的手電筒光線往前。

舊校舍建立於日治時代，大約在十幾年前新校舍蓋好後，便沒再使用舊校舍，畢竟年代久遠，許多地方也老舊腐敗，但爲了回憶，加上外觀還是挺完整的，便留了下來當個紀念。

雖然舊校舍裡頭的課桌椅幾乎都清空了，但因爲整體維持得還算不錯，所以學校有個不成文的傳統，便是新生的迎新活動都是在舊校舍舉辦試膽大會。

「我們一年級不是也來過，有什麼好怕的？」鄭貞仁哼了聲。

「當時的學長姐可眞狠，居然讓我們這群新生輪流玩碟仙。」蝦子打哆嗦，當時的他可害怕極了。

潘潘記得當年試膽大會有夜遊和試膽的選項，所以不是每個學生都會玩到碟仙，有一部分的同學是跟著學長姐到校舍各處探險蓋章的。

「以前不是也玩過了嗎？」鄭貞仁聳肩，瞥了眼站在最後面的蘇茗茗。

「那是一年級的事情呀，而且當時這麼多人，現在只有我們幾個，更別說高天晴可是在這邊自……咦！」潘潘發出驚恐的聲音，因爲她瞧見了前方的教室有黃色的封鎖線。

「不要鬼叫。」張安揉了耳朵，一馬當先往前，扯掉了封鎖線。

「那邊就是高天晴上吊的地方……」一直沒說話的林雍喃喃，也跟著張安身後走進教室。

其他人站在原地，而鄭貞仁來到不發一語的蘇茗茗身邊，上下打量以後挑眉說：「妳怎麼會願意過來？」

沒料到會被搭話的蘇茗茗一愣，低著頭扭著手：「因爲……」

「啊？」她的聲音很小，連在這安靜不已的走廊都聽不清楚。

「因爲……林雍……」聽到別的女人嘴巴提到自己男友的名字，讓鄭貞仁有點不爽。

「什麼啊？還是這段時間，妳和高天晴變成了好朋友呢？」鄭貞仁拉高聲音。

這讓蘇茗茗忽然抬頭，看起來似乎有些不悅地看著鄭貞仁。

「怎樣？我說錯了嗎？」鄭貞仁才不怕她。

「就因爲我們兩個在班上都很安靜，所以我們就是好朋友嗎？」這一次，這些話清晰無比。

「妳和高天晴差很多好嗎！高天晴是不理大家，妳是沒人理妳。」張安從教室後門探頭出來，冷眼看著她們。

「不要吵啦……」潘潘微弱地勸架。

「準備好了，進來吧。」在教室裡頭的林雍喊著，所有人嚥了口水。

高天晴上吊的地方，在舊校舍的教室，而這間教室，就是他們班高一玩碟仙時所在的教室。

爲什麼選擇這裡？

而他們幾個人爲什麼又群聚到這？

踏進昏暗的教室裡頭，雖然地上還畫有粉筆白線，也能看到地板上的深漬痕跡，外頭昏暗，只見地上點著幾支蠟燭，中間放著請神黃紙，上頭寫有數字和許多中文字，以及一個畫有紅色箭頭的小碟子。

「每個人拿香朝四方祭拜，記得碟子也要拜。」林雍點起香，煙霧繚繞，不知是否為錯覺，似乎都飄向了碟子的方向，而碟子正面對著高天晴上吊的地方。

「我們必須知道高天晴自殺的理由。」林雍說著，然後拿著香閉起眼睛一拜。

「碟仙、碟仙請降壇。碟仙、碟仙請降壇。」

三女三男圍在黃紙邊，所有人的食指放到了碟子上，誠心地開始祈求碟仙的降壇。

如此荒謬又詭異的行為，要說他們不害怕是騙人的，可是他們有不能害怕的理由，一定得這麼做，必須得這麼做。

六個人圍繞著碟子，在這晚上十點多的時刻，燭光照射在六人的臉龐忽明忽滅，但無論六人怎麼叫喚，碟子依舊紋風不動，潘潘的恐懼逐漸演變成沒有耐性，但是當她抬頭的時候，卻正好可以看見高天晴自殺的樑柱。

「你們說……高天晴為什麼要自殺？」蘇茗茗輕輕開口。

「這不就是我們在這兒的原因嗎？」林雍回答，他的眼睛盯著那燭火，今天是高天晴的頭七，他相信她一定會出現。

「時間已經很久了，會不會請……」鄭貞仁這句話還沒說完，黃紙上的碟子輕微地移動了一下，所有人一驚，窗外的風吹進來這空蕩的教室，但是燭火卻沒有隨之搖曳。

「來了。」張安低聲說著，「碟仙碟仙，你是男是女？」

那碟子在黃紙上緩慢地移動，所有人戒慎恐懼地看著箭頭的方向，食指不斷顫抖，然後碟子在黃紙上繞了一圈，慢慢地移動到了『女』的位置。

大家倒抽一口氣，由林雍問出了最關鍵的那句：「妳是高天晴嗎？」

碟子開始移動，來到了『是』。

所有人面面相覷，但這就是他們的目的啊。

「高天晴，」林雍吸一口氣，「妳是自殺的嗎？」

「不是說不能問碟仙怎麼死的嗎？」潘潘驚慌地開口。

「我們都知道她是高天晴了。」張安冷哼聲。

『是。』碟仙停留。

「爲什麼？」潘潘怪叫，而碟子在黃紙上周旋，沒有停下的打算，但緩慢得讓人有些不耐煩。

「這問題是不是很難回答？」鄭貞仁只是在和大家說話，但是碟子卻移動到了『是』的位置上。

「看來我們不能問太複雜的問題。」蝦子另一手摸著下巴。

「天晴，妳的自殺和一年前有關嗎？」而蘇茗茗的問題讓在場的人靜默，是呀，這才是最主要的問題。

碟子沒有移動，停在『是』。

見狀，潘潘發出驚恐的叫聲，「那我們該怎麼辦？」

「不要叫！」張安不悅地喊，但碟子再次移動，來到了『死』字。

「這是要我們都拿命償還？」

「貞仁，不要講那麼恐怖的話。」潘潘很怕，沒想到都過了一年了，他們還要爲一年前的事情兌現承諾。

「但是天晴都死了！這不是很明顯了嗎？我們要爲一年前的承諾負責！」鄭貞仁咬著自己的拇指指甲。

「碟仙、碟仙請歸位！」忽然蝦子驚恐喊著。

「你做什麼！」林薤制止。

「我剛剛才想起來一件事情，你們沒注意到嗎!?」蝦子的表情十分慌張，他把手機螢幕對著大家，「今天是鬼門開第一天，現在十一點了！」

子時，是鬼門開的時候，空氣似乎變得陰冷，肌膚上泛起了雞皮疙瘩。

「高天晴的頭七剛好是鬼門開第一天、而碟仙的時間也是十一點最適合、加上今天是一年前，我們玩碟仙的日子，這絕對不是巧合！這是——」蝦子的話還沒說完，碟子忽然劇烈旋轉，在黃紙上橫衝直撞，大家驚聲尖叫，那力道之大，但每個人的手指卻像是黏在碟子上頭無法分離，所有人因碟子劇烈的衝撞而東倒西歪，他們驚叫著，不知道是誰先摔了出去，接著所有人跟著摔出。

大家驚恐地抬起頭，所有人看向了碟子的位置。

「我們鬆手了！」鄭貞仁驚叫，而一旁的潘潘也嚇得摀住自己的臉，蝦子更是站起來想逃——

倏然，教室的門唰的聲打開，所有人嚇到往門口看去——

「你們在這邊做什麼!?」王阡柔蒼白的臉出現在門邊，訝異著學生們怎麼會在這兒。

「老師！」所有人喊。

「這是怎麼回事？」王阡柔迅速地看了地面上的黃紙、碟子以及搖曳的燭光，「你們在玩碟仙？為什麼!?難道不知道高天晴才在這邊……」

「我們只是……」蘇茗茗正要說話，卻注意到林雍和張安的眼神，所以她立刻噤了聲。

「怎麼回事？」王阡柔注意到氣氛不尋常。

「老師，妳怎麼這麼晚了還來這邊？」林雍站起來，遮去了正快速收拾紙張的張安身影。

「我要下班時看見該是斷電的舊校舍教室有光在晃動，所以過來看看，你們到底在搞什麼？不知道今天是什麼日子嗎？玩碟仙？你們眞是瘋了！」王阡柔不由得打了哆嗦。

「我們就只是回味一下高一時試膽大會的心情。」鄭貞仁也穩定了心神，站到了林雍身邊。

「你們在講些什麼？就為了想體驗恐怖所以來玩碟仙？算了，你們快點回家去。」王阡柔眞是頭痛，轉身要孩子們快點跟上。

後頭的幾個人面面相覷，其中蘇茗茗率先上前：「老師，妳還記得，去年試膽大會的確切日期嗎？」

「日期？」王阡柔思考著，看了一下手機螢幕，「不就是今天嗎？」

「妳問這問題做什麼啦？」潘潘驚恐的喊。

「我只是想確認……」蘇茗茗也看向自己的手機螢幕，在這一片漆黑到只剩下手機光芒的走廊，那藍光刺眼得很，「只剩下一個小時，今天就結束了……」

「誰要相信當年的那些——」蝦子吼了出聲。

「閉嘴！」張安立刻制止對方，可是卻發現前方的王阡柔停下腳步。

「老師……？」由於王阡柔走在最前面，走廊的光線也昏暗不已，站在後頭的蘇茗茗好奇，從王阡柔的身後探出頭向前方看去。

「等一下，你們不覺得哪裡怪怪的嗎？」鄭貞仁猛地抓住了林雍的手臂。

「妳在說什……」原先一臉不爽的張安聽聞後，注意到了哪裡不對勁。

即便是已經斷電的舊校舍走廊，也不可能昏暗到如此地步，再怎麼說，窗外一定也會有月光或是街燈才對啊！

「噫——」蘇茗茗發出了恐懼的呻吟，窗戶外的天空是全黑的，無星辰無月亮，甚至是一丁點兒光都沒有。

「怎麼可能！」蝦子雙手攀附在窗戶邊朝外看去，從這個方向應該能看見校門口的警衛亭才是，再怎麼說那邊也一定有燈。

可是當他看過去，卻是一片漆黑，什麼也沒有。

「這是怎麼回事？」潘潘幾乎要哭出來，所有人都見到這樣的異象，而站在窗邊的蝦子試探性地將手往前一伸，什麼也沒有，但就是一片漆黑，他嚥了嚥口水，拿出自己口袋中的手機，並且打開了燈。

然而，手機上的燈光並無法照射得太遠，至少在光照範圍之中，都還是一片漆黑，這比漆黑中出現一張臉還要令他們感到恐懼。

誰都知道，這樣的黑不正常。

「老師！我們快點離開……」蘇茗茗立刻抓住了王阡柔，卻發現她的身體僵硬，她順著王阡柔眼前的方向看去，驚然見著那站了個女學生。

明明該是漆黑的走廊，卻能清楚看見她的身影，穿著一樣的制服，詭異的是站姿，歪斜著身體，一動也不動。

「同、同學。」先開口的是王阡柔，但是當蘇茗茗把手機的光線往前方照去時，卻空無一人。

「有其他人嗎？」潘潘花容失色。

而蘇茗茗和王阡柔面面相覷，不可能兩個人都看錯吧？

可是在現在這種奇怪的氛圍籠罩的情況下，還是別多說什麼比較好。

「沒、沒什麼。」所以兩個人有默契的異口同聲。

「我們先離開這裡吧，老師送你們回家。」王阡柔穩住，她是在場唯一的大人，必須振作才行，所以即便有些害怕，她也打頭陣的朝前邁步。

一行人往走廊底前進，照理來說打開尾端的門便是外頭中庭，可是當王阡柔推開門時，卻只見到另一條長長的走廊。

「怎麼會這樣？」王阡柔喃喃，她回過頭去看，學生們都站在她的後面，那黑色的長廊和眼前門外的一致，然而王阡柔卻在有學生這側的走廊盡頭，發現了幾道黑影。

「那是誰？」蝦子嚇得用手機燈光朝後頭照去，卻看見了王阡柔轉頭的身影。

「老師!?」蘇茗茗喊，又回頭看了前方，王阡柔明明在自己眼前。

「那是怎麼回事？」張安說完便直接朝走廊最底衝去。

「等一下，張安！」林蕹見狀也追了上去。

「你們不要跑……」鄭貞仁嚇得大喊，但是卻不敢追上。

「等一下……」然而前方的王阡柔聽見腳步聲從近至遠、又從遠至近，明明從後方跑開的林蕹和張安，卻出現在了自己眼前。

「鬼打牆，老套。」張安見到王阡柔的臉，又瞧見了站在後方的蘇茗茗和鄭貞仁等人，明白了一個事實。

「我們被困在舊校舍了。」林蕹喘著氣，憤憤地說出。

潘潘從剛才就一直咬著指甲縮在教室的角落，他們幾個人目前被困在舊校舍之中。剛才張安和林蕹稍微探索了附近，發現一件詭異的事情，那便是當他們要從旁邊的樓梯往二樓上去，卻發現上去後還是一樓，而就算從窗戶跳出去，卻也只是又跳進了走廊。

簡單來說，他們不是被困在整個舊校舍，而是限定舊校舍的一樓，且走廊邊的每一間教室，都是高天晴上吊的那一間教室。

至於原因……他們幾個人心知肚明。

可是爲什麼連王阡柔都被牽扯進來？這是他們所不理解的。

「怎麼會這樣子呢，連手機也沒有訊號……」王阡柔拿著手機在漆黑的教室中來回踱步，此刻每個人的手機都開著手電筒，否則在伸手不見五指的漆黑之中令人十分不安。

「我們是不是應該輪流開手機的燈光比較保險？要是到時候沒電了，那不就完蛋了。」鄭貞仁在恐懼之中還是理性分析。

「這麼說也對，那我先開，大家把手機……」王阡柔同意，但是蘇茗茗卻大聲說著不行。

「妳幹麼這樣？」蝦子已經把手機關機了，對於蘇茗茗突如其來的舉動感到不安。

「你們剛才沒看到……所以……」蘇茗茗舔著嘴唇。

「蘇茗茗，不要說！」王阡柔立刻要制止。

「看到什麼？」站在窗邊的林雍聲音嚴肅地讓王阡柔噤聲。

「剛才……我們看見了……高天晴……」此話一出，讓所有人都嚇了一跳，潘潘更是發出尖叫。

「這是真的嗎？」張安的疑問是對著王阡柔。

「我們不能肯定……」

「那不然還會有誰？穿著一樣的制服，頸椎像是斷裂一樣……這麼晚了還會有誰？」蘇茗茗大叫著哭了起來。

「所以高天晴要做什麼？」林雍上前，安撫了蘇茗茗，輕輕詢問。

「應該不是高天晴要做什麼吧……」潘潘咬得手指都出現了血的味道，她抬頭看著教室的每一個人，「是『她』要做什麼……」

這句話，比高天晴出現還要更令他們顫抖，只有王阡柔聽不懂，而蝦子已經快速打開手機，教室內再次亮起了七部手機的燈光。

「怎麼回事？」王阡柔拿起手電筒照過每位學生的臉，注意到他們雖蒼白害怕，但雙眼卻閃避了她的視線，「有什麼事情是我不知道的嗎？」

「老師……我們……」

「妳講了又有什麼用？老師能幫什麼？」張安大笑出聲，他並不是不怕，只是說的話也是實際。

「你們不說怎麼知道我幫不上忙？」王阡柔抓住了離她最近的蘇茗茗的手，「告訴我。」

「老師……」蘇茗茗再也受不了，這一年她活得驚心膽跳，崩潰地哭了出來，「為什麼高一試膽大會時，學長姐要叫我們玩碟仙……」

「碟仙？」王阡柔一愣，「怎麼可能！學校只允許舊校舍的探險，不可能允許碟仙的活動！」

「可是學長姐要我們輪流玩碟仙，還說這是學校的傳統！」林雍聞言怒氣升起，「所以我們當時玩了！」

「怎麼可能？那結束後你們沒報告老師？」王阡柔大驚，這麼嚴重的事情，怎麼後續都沒有聽說？

然而這句話，讓現場所有的學生都愣住了。

對呀，為什麼他們在試膽大會上明明氣得要死也怕得要死，但卻在結束之後沒有去跟老師們反應呢？

「總之那都過去了，現在陷入這種死胡同也是當時玩碟仙的下場……」

「等一下，」王阡柔打斷了張安的話，「你們的意思是，現在發生的一切，不是你們剛才玩碟仙的關係，而是一年前玩碟仙的後續？」

「沒錯，我們剛才玩碟仙的目的，只是爲了確認一年前的事情。」鄭貞仁說得理直氣壯，但王阡柔卻扶著額頭。

「聽起來你們對一年前被學長姐要求玩碟仙的事情很生氣，那怎麼會此刻又選擇玩碟仙？這不是很奇怪嗎？」

「這是因爲……」鄭貞仁一愣，「因爲有人說要玩碟仙確認……」

「誰說要玩的？」王阡柔問。

「不是林雍嗎？」蝦子比向他，「剛才也是他佈置碟仙的東西……」

「等一下，是張安說要我準備。」林雍則推到張安身上。

「對，因爲我沒有那些道具，可是不是我說要玩碟仙的，我只是提到高天晴的事情。」張安也否認。

「我不可能說要玩！我說了不要，是你們大家都堅持要的！」潘潘哭著喊。

「也不可能是我啊！」蘇茗茗也否認。

「所以……沒人知道是誰先說要來這裡玩碟仙？」王阡柔真是頭痛極了，

「好，那你們爲什麼要玩？要問什麼？」

一開始，還沒有人願意開口，可是他們意識到自己居然被不知名的力量引導到再次玩碟仙，事到如今，他們可以依靠的或許只有現在唯一的成人。

「我們只是想問……高天晴是不是眞的自殺，還有爲什麼。」由林雍開口說出。

「爲什麼要這樣做？你們到底在想些什麼？」平時這些學生們伶牙利齒，看起來聰明得很，但怎麼這麼不怕觸犯禁忌？

「這都要怪學長姐當初逼我們玩碟仙！」蝦子激動地大吼，可是他的聲音很快就停下來。

在手電筒的光線之下，大家都能清楚地看見蝦子的視線落到了後方的窗戶外，他的表情從呆愣到盈滿恐懼，瞬間發出恐懼的吼叫聲，一屁股跌落在地。

而和他站在同一個方向的蘇茗茗和王阡柔也露出一樣的表情，蘇茗茗立刻蹲下摀住自己的眼睛，並且放聲大哭，王阡柔則摔掉了手機。

眼前人的反應，讓其他人明白，在後頭一定有些什麼，明明不要回頭就好了啊，但是人或許就是這樣的生物，所有人都回過頭，在本該是漆黑無比的窗戶外，站著些許發著微光的高天晴。

她的脖子像是脫臼一樣拉得很長，往她的右肩倒去，整顆頭掛在她的右胸前，七孔流血地瞪著他們。

「你們……也快去死啊……」高天晴的聲音輕柔，卻像是地獄的召喚，恐懼凝聚到某個極限，所有人尖叫，不知道是哪個人先找回了腳的控制權，往教室外頭奔去，接著其他人也跟著逃竄而出。

「你們等一下——」王阡柔大喊著，但是學生們已經逃離教室，她想追上去，卻轉過頭看著高天晴，那雙眼並沒有恐懼，而是冷然，「妳現在想做什麼？」

「我要他們……去死啊……」高天晴說著，雙眼流出血淚，「我要他們也去死!!!」

「妳已經走了，就不要再干涉他們了！」王阡柔對著高天晴大喊，然後轉身往教室外頭跑去。

「我也要他們……去死啊……」高天晴說完，緩緩消失在漆黑之中。

奇怪？她明明跟在前面的人跑出教室，爲什麼一出了教室後，所有人都瞬間不見了？

「鄭貞仁？蘇茗茗？」潘潘喊著同伴的名字，「蝦子！張安！林雍！不要嚇我！」

老師，對了，還有老師，老師還在教室啊！

她一轉過頭，但教室也空無一人了。

怎麼瞬間所有人都不見了，只剩下她了……爲什麼……

當初，她明明是選擇參加探險那一組的，可是爲什麼會陰錯陽差地跑到了碟仙試玩組？

學長姐說現場很多人，不要怕，別擔心。而的確當時一間教室塞了五十幾個人，大家都圍著那陽春的紙張，今天林雍準備的甚至都比當天學長姐準備的還要專業。

那時，學長姐要在場的人抽籤，抽到紅色貼紙的人要出場當示範，當時學長姐還說：「不要擔心啦，每年都馬沒請出來，只是一種氣氛。」

「是呀，陽氣這麼充足，我們也都有拜拜，別怕。」

「我們準備的東西甚至都不符合規定，香氛蠟燭、隨便寫著數字和注音的白紙，還有瓶蓋代替碟子。」

「所以拿到紅色貼紙的有哪些人，別害羞，出來吧。」

最後，抽到紅色貼紙的就是林雍、張安、鄭貞仁、蘇茗茗、蝦子、潘潘，還有高天晴。

他們幾個人都是新生，怎麼敢違背學長姐，加上教室每個人都拿著手電筒，乍看之下燈火通明，又有這麼多學生作伴，他們的確不覺得害怕，也只當作是遊戲。

然而，那瓶蓋卻動了。

起初，在場上的七個人都以爲是其中一個人在故弄玄虛地操控著瓶蓋，可是很快地七個人都發現，沒人在移動那瓶蓋，那是自己在動。

可是學長姐們沒發現，現場的其他同學也沒發現，場上的人誰也不敢說，就這樣靜靜地讓瓶蓋在上頭悠轉著。

「那碟仙，你怎麼死的呢？」其中一個學長開玩笑地問道，期待這幫學弟妹會編出怎樣的故事。

往年，參與活動的學生們都會因爲意見不同，而導致每個人要移動瓶蓋的方向不一樣，產生了有趣的笑料。

可是這一次，瓶蓋卻十分一致地移動到第一個注音、第二個注音……拼湊出了一個名詞。

回想到這，潘潘摀住了自己的雙眼並立即蹲低，她發出恐懼的嗚咽，沒事的，只要等天亮就好，她只要不要亂跑，就待在這邊什麼都不要看、不要聽，乖乖地待在原地就好。

四周變得十分安靜，只剩下潘潘的呼吸聲和心跳聲，還有遠處傳來那輕微拖地的腳步聲音。

滴滴、滴滴……

似乎還夾帶著一個奇怪的聲響。

「潘潘。」可是當高天晴的聲音倏地出現在自己的耳旁時，她尖叫出聲。

「不要！高天晴我沒有害妳！不要出來嚇我！」她死命地摀住自己耳朵，不要聽、不要看！

「潘潘，快點死，快點死，快點死！」高天晴不斷重複這句話，這讓潘潘近乎崩潰，可是這些聲音卻瞬間沒了，潘潘終於從自己的膝蓋中抬起頭，又只剩下她一個人。

滴滴、滴滴——

那奇怪的聲音又來了，但是當潘潘轉過頭時，教室的正中央卻掛著一條繩子，下方還圈成了一個圓，彷彿在迎接著潘潘一樣。

「不——我不會死的，我不會去那邊上吊！我不會！」潘潘說完後往後一退，她必須要逃出這裡才行，所以她轉身往走廊那奔去。

潘潘——快去死——快啊——

高天晴的聲音在走廊上迴盪著，潘潘大喊：「我不會自殺的！」

頓時，眼前出現了一個女人。

潘潘立刻煞車，在這個瞬間，她腦中飄過了一些奇怪的畫面，她倒抽一口氣——

「那妳就去死吧！」那女人伸手掐住了潘潘的脖子。

「潘潘？」

蝦子覺得奇怪，他剛才明明跟在潘潘的身後逃出教室，他記得他雖然看著地下，可是潘潘的腳一直在自己視線範圍內啊，但怎麼忽然不見了？

眞的是忽然不見，而且一抬頭，不只潘潘，連帶所有人都消失了，教室也是空無一人。

他已經來回跑了好幾次，也喊到聲音幾乎沙啞，可是就是沒看見他的同伴們。

這裡安靜得彷彿連根針掉在地上都會發出巨大聲響一般，蝦子蹲到了地上，讓自己的背緊靠著牆壁，以防有鬼忽然從身後偷襲自己。

鬼？

所謂的鬼，是誰？

高天晴，啊，對，就是高天晴。

那個女的爲什麼眞的自殺了？不是說都處理好了嗎？

眞是傻了，要不是她自殺了，他們現在也不會在這邊。

蝦子拿出手機看了一下時間，頓時瞪大眼睛，從剛才到現在，少說也過了三十分鐘，怎麼會到現在還是十一點整呢？

「這是怎麼……」他看著自己的手機螢幕，頓時從藍光中看見自己旁邊也蹲著一個人。

靠北。

蝦子不敢移動自己的視線，他的身邊怎麼會無聲無息出現一個女生呢？

但即便他不移動視線，在視野範圍內還是可以瞧見蹲在一旁的女學生那蒼白的膝蓋從制服的裙子微微凸出，倏地一顆頭就出現在膝蓋上，高天晴七孔流血地瞪著他看。

「蝦子，快點死啊——」高天晴悠遠又急迫的聲音傳來，同時蝦子聽到了另一個聲響。

滴滴、滴滴、滴滴——

「我、我不要！我們不是已經解決了嗎!?我不要死啊！」蝦子想逃，但是雙腳發軟。

「快點死——」高天晴的聲音像是索命冤魂一般在周遭迴盪著。

蝦子閉起眼睛，摀起耳朵，如果逃不了，那就不要看、不要聽就可以了吧！

怎麼會這樣子，他們明明已經解決了不是嗎？

那天運氣很背，才會抽到下下籤而上場玩碟仙，可是學長姐們都說不會有事情，因為好幾屆都這樣舉辦了，加上現場人很多，所以蝦子也壯膽了不少。

可是碟仙遊戲開始後沒多久，他們全部人都發現有問題，蝦子一開始以為是誰在控制瓶蓋，可是他觀察了張安和林雍，他們皺著眉頭看起來不是很爽，似乎也認為是別人在亂弄。

然後潘潘和鄭貞仁臉色有些發白，蘇茗茗則是咬著另一隻手指甲，高天晴則是一臉驚奇，低聲地問：「是誰在動？」

沒有人在動，瓶蓋自己在移動了。

瞬間，所有玩遊戲的人噤聲，只剩在周邊的群眾們鼓譟著，明明這麼多人，但他們卻感受到寒冷與陰沉，那沉重的空氣圍繞，讓蝦子喘不過氣來。

「那碟仙，你怎麼死的呢？」其中一個學長忽然問話，場上七人倒抽一口氣，瓶蓋緩緩移動到『ㄗ』、『ㄟ』，再移動著……

拼湊出了『自殺』。

「哇，不錯喔。」學長還笑了出來，「那是怎樣自殺的？」

瓶蓋再次移動著，出現了『上吊』。

「不、不要玩……」高天晴驚恐地低語，但一旁的鄭貞仁拉住她的手。

「我們把碟仙請回去。」她輕聲地說著，只有場上的六個人聽到。

「我們怎麼不……告訴學長姐說，眞的有……」蝦子緊張地看著瓶蓋在紙上游移著，覺得求救是好方法。

「這麼多人，只要有一個人覺得我們在裝神弄鬼，然後忽然過來把我們的手拉開或是怎樣的，那怎麼辦？」張安理性分析，這話不無道理。

「碟仙，請您離開吧。」蘇茗茗開口，所有人也輕聲說著。

但是碟仙，不肯離去。

蝦子回想到這邊，忍不住哭了起來，事後他們也沒告訴學長姐當下發生的事情，因爲一定沒有人相信在這麼多人的現場，他們還眞的請到了碟仙。

可是結束以後，他們有去廟裡拜拜啊，明明已經解決了啊，這一年來也相安無事，大家都過著自己的生活，就連林雍和鄭貞仁都還交往了，明明大家都在向前進啊。

為什麼高天晴要自殺？為什麼要提醒他們這件事情？

這段該是塵封的過去才會再次湧上，所以他們才會選擇在今天又來到舊校舍，再次遊玩碟仙，目的就是要確認，高天晴的自殺和一年前的碟仙事件有沒有關係，而答案是有的。

不過如同王阡柔的質疑一樣，明明他們之前就因為請出眞正的碟仙而吃盡苦頭了，為什麼這一次他們又會毫不猶豫地選擇請碟仙的方式來詢問呢？

他們甚至不知道是誰先提議的，就來到了和一年前一樣的地點做一樣的事情。

忽然他再次聽到滴滴的聲響，這聲音好熟悉，是在哪裡聽過？

「蝦子，快點……去死啊……」高天晴的聲音再次出現，而蝦子聽見了另一個聲音，繩子掛在木頭上搖晃的聲響。

「我不會死的，妳要自殺是妳的選擇，但我不會自殺！」蝦子吼出聲，眼淚直落，「我們根本就沒有錯，為什麼要去死？」

高天晴的聲音消失了，連那繩子搖晃的聲響也沒了，周遭恢復一片寧靜，蝦子試探性地將頭從手臂中稍稍抬起，稍微張望了一下。

沒有高天晴、也沒有恐怖的繩索。

他鬆了一口氣，找回了身體的力氣，想再次去尋找同伴。

「爲什麼不去死呢？」然而不屬於高天晴的聲音，卻出現在他身後，「時間已經到了。」

蝦子嚇得轉過頭，見著了另一個更恐怖的容貌，他想大叫卻來不及，在脖子被掐得斷氣的瞬間，他看見在地上閃爍的手機螢幕，十二點整。

張安每一步都謹愼無比，在這片漆黑的走廊之中，只剩下他自己。

他的手機明明就還有電，但是卻開不了手電筒，只能靠微弱的螢幕藍光來勉強照亮前方道路。

他並不害怕漆黑的地方，也不是眞的害怕高天晴的鬼魂出現，他唯一怕的，就是死亡。

一直以來，他的人生都一帆風順，唯一的失敗就是一年前那場碟仙遊戲，雖然事後他們拜拜了，廟方人員也說處理好了，可是他的心一直都不踏實。

高天晴的自殺，彷彿印證了這一年多來他潛藏的恐懼。

「碟仙，請您離開吧。」蘇茗茗在當下便率先開口，希望請出的碟仙可以回去。

但是碟仙不肯離開，瓶蓋依舊在白紙上游移著。

「這一屆的學弟妹很不賴啊，非常會掰故事喔。」一旁的學長姐們開心笑著，他們都以爲轉動瓶蓋的是其中一個學弟妹所爲。

「碟仙、碟仙，請歸位。」蝦子慌亂地小聲說著。

瓶蓋開始移動，停放的注音出來是「不要」兩字。

「好啦，學弟妹們，我們活動時間差不多了，可以結束了。」學長姐們吆喝著，眼看中請舊校舍使用的時間快到了，便要同學們收拾一下。

但是他們七個人卻沒放開瓶蓋，學姐喊：「可以了，不用再演了，我們要離開囉。」

「可是……」潘潘嚇得哭了出來，「我們可以放手嗎？」

「不行！不能中途離開，會死的！」鄭貞仁看了許多鬼片，她知道碟仙是最邪門的一種。

「那我們該怎麼辦？」高天晴牙齒打顫，她的掌心都流汗了。

眼看學長姐他們就要走過來，爲了怕節外生枝，張安快速低聲問：「碟仙，你要什麼？」

瓶蓋開始快速移動，『我要你們死。』

所有人倒抽一口氣，林雍更是差點直接站起來。

「不可能。」張安沉著又冷靜地回應，「我們不會死。」

是的，不會死。

一年前他們沒有死，一年後他們也不會死。

他相信廟宇、相信廟方人員眞的處理好了，這一年來他都帶著平安符，他就不信當時那位碟仙能拿他怎麼樣。

張安一手摸在走廊的牆壁邊緣，一邊用著微弱的藍光徐步前進，他先是順著樓梯上去，但跟剛才一樣，二樓還是一樓。而無論是窗戶或是走廊尾端的門，都只會把他帶回同一個地區。

依照恐怖電影的定律，鬼打牆好像是基本配備，所以他不用去費心神想著要如何離開，唯一比較聰明的做法就是等待天亮。

原本想著大家都待在一起就沒事了，可他剛才明明是跑在林雍後面，而蘇茗茗也跟在自己身後，但一個瞬間，大家都消失了。

其他人大概也被困在一樣的走廊，只是是另一個空間。

「既然把我們困在這，那一定有原因的。」張安並沒沮喪太久，他回到事情的起點，那一間教室。

然而教室的正中央，憑空出現了上吊的繩索，在無風的教室裡頭搖曳著，連椅子都在一旁擺好，就等著張安的脖子套入。

張安停下腳步，他握緊了拳頭，朝著空無一人的教室喊：「妳要我們怎麼樣？要我們跟妳一樣上吊嗎？我們都活過了這一年了，妳爲什麼還不放棄？」

這一年來，碟仙連個鬼影都沒出現啊！

「是因爲鬼門開嗎？還是我們再次玩了碟仙所以又喚醒妳了？高天晴的死是被妳逼的嗎？」張安朝著教室的四面八方喊著，然而並沒有任何人回應。

「馬的！」他用力踢開了一旁的椅子，早知道今天就別過來執行這愚蠢的碟仙遊戲，高天晴死了就死了，他們該做的是再次去廟宇尋求幫助，而不是又用碟仙請出高天晴詢問她死亡原因！

但就如同王阡柔所說，爲什麼他們會再次過來？

張安完全想不起來，是誰先說要過來的？怎麼這幾天的記憶有點模糊？

他只記得自己要林雍準備好東西，然後他們一群人就來到舊校舍了。

忽然他看見剛才他們碟仙的用具都還在地上，他剛才不是收好了嗎？

不過現下不用考慮那些，張安直接點起了燭火，把碟子放好，將自己的食指放了上去。

「高天晴，請妳出來。」指名道姓地直接喊出她的名諱，「出來！」

但是那碟子依舊不動，「高天晴，妳出來！告訴我妳是不是自願自殺？妳根本沒有自殺的理由啊，我們去拜拜完以後，不都說好了要繼續活下去嗎？一直到前幾天，妳都還提到暑假要做的事情，怎麼可能會自殺？」

說完後，張安的眼淚不自覺掉了下來。

不知道是恐懼還是悲傷，他只是沒辦法接受那天還在笑的高天晴說走就走。

猛然他睜大眼睛，想起了一件奇怪的事情。

那是在期末考前的幾天，高天晴拉著他來到後花園，難得一臉嚴肅。

「張安，你最冷靜，這件事情我想了很久，你不覺得很奇怪嗎？」當時的高天晴開口，說了一件匪夷所思的事情。

她說了什麼？

爲什麼這一刻，他想不起來了呢？

滴滴、滴滴——

奇怪的聲音出現，張安一愣，這個聲音如此熟悉，他聽過的。

「張安，快去死。」

忽然，高天晴的聲音出現在他身後，張安嚇得回過頭，只見頸椎斷裂，七孔流血的高天晴就坐在自己的身後。

那滴滴的聲響彷彿迴盪在此空間之中，但張安的眼睛倒映的是高天晴身後垂掛的圓形繩圈，左右搖晃著，彷彿在歡迎他的光臨。

「啊——」鄭貞仁發出尖叫聲，但是沒人會聽見。

她從剛才就不斷在黑暗中找尋朋友們，可是卻沒有任何回應，她只能不斷尖叫，否則一旦四周沒了聲響，那她便會意識到只剩下自己。

「不要丟下我一個！林薙！張安！潘潘！蝦子！」鄭貞仁大喊著，「蘇茗茗！」

她哭了起來，怎麼升上高中以後，沒有一件事情順心的呢？

原本她不想來這邊念書的，是爸媽要她念這所高中，結果一來就被迫參加迎新的試膽大會，還很衰的抽到玩碟仙的下下籤。

可是試膽大會其實蠻有趣的，因爲人數眾多，所以一點都不可怕，加上雖然是下下籤，但現場人多光又亮，而且她的身上有護身符，所以鄭貞仁並沒太畏懼，就是一個遊戲呀。

只是沒想到，在那時候卻請出了眞正的碟仙。

頓時她腦中浮現了許多聽過、看過的恐怖故事，碟仙是最可怕的一種降靈遊戲，要是沒有好好處理的話，非死即傷。

「碟仙、碟仙，請歸位。」蝦子是第一個馬上請碟仙回去的勇者，可是瓶蓋卻給出了『不要』的答案。

學長姐們根本沒發現異狀，他們也不能讓其他人發現，要是一個不注意，他們誰的手離開了瓶蓋，那第一個受到衝擊的可是他們。

所以即便學長姐一直說著活動已經結束，可以收拾東西回家了，但他們還是不敢放手。

第二個說話的是張安，他總是那麼冷靜，能快速做出判斷：「碟仙，你要什麼？」

『我要你們死。』

碟仙的回應，讓鄭貞仁眼前一黑，她幾乎用盡了意志力撐著讓自己不要暈倒。

「不可能，我們不會死。」張安說著。

碟仙似乎不是很高興，瓶蓋開始飛快地轉動，他們驚呆了，而學長姐也逐漸靠近。

「要我們做什麼都可以，請您快點離開！」燃眉之際，鄭貞仁趕緊開口，而瓶蓋停止了。

瞬間大家鬆一口氣，以爲碟仙離開了，可是瓶蓋又開始移動。

『一年後，我要你們的命。』

想到這裡，鄭貞仁捂住自己滿是淚水的臉頰，今天就是一年的最後一天，現在已經是十一點半了。

所以碟仙眞的過來索命了嗎？這是什麼荒唐事情！

她這一年來求神拜佛的，廟宇不是都說了已經解決了、已經溝通好了，爲什麼還會發生這樣的事情？

這都錯在高天晴自殺了，爲什麼高天晴會死？

還有，爲什麼她會這麼糊塗，會在這一天又來到這裡玩碟仙呢？

常理來說，她是不可能會來的啊！況且今天還是鬼門開的第一天，子時，就是鬼門開的時辰。

是誰叫她來的？是……啊，是林雍，對，林雍說高天晴死了，必須查清楚她的理由，所以林雍準備了玩碟仙的道具，然後要她晚上過來。

她就來了，因爲她跟林雍最近關係很緊張，所以她必須附和林雍的任何話語，可是剛才王阡柔的話，林雍好像也不知道是誰先提到過來玩碟仙的。

等一下……林雍不會是跟蘇茗茗在一起吧？

鄭貞仁咬了一下指甲，林雍最近對她很冷淡，前一陣子甚至還跟她說了要暫時冷靜一段時間，而有一天林雍說他要去圖書館念書，但是鄭貞仁跑去圖書館時卻沒看見他，反倒是在公園附近看見了林雍和蘇茗茗坐在長椅上吃冰。

是啊，林雍這陣子和蘇茗茗互動頻繁，在學校他們盡量沒有交集，可是鄭貞仁不是白痴，她偷偷跟蹤林雍幾次，發現他會和蘇茗茗在體育館後頭見面。

他們沒有太多的肢體碰觸，可是鄭貞仁知道，他們在搞曖昧，他們背叛了自己。

想到這兒，她便妒火中燒，「高天晴！」她仰頭，在漆黑的長廊上大喊，「妳把我們分開的目的是什麼？不該是妳要索命才對吧？」

現在鄭貞仁的思緒才稍微清楚一些，爲什麼他們會懼怕高天晴呢？

如果鬼魂眞的要索命，也是當初那個碟仙來索命，關高天晴什麼事情？

但如果是這樣，又爲什麼，他們會一直見到高天晴的鬼魂？

滴滴、滴滴、滴滴——

這個聲音是……鄭貞仁左右張望，學校怎麼可能會有那種儀器，但是這聲音……

「鄭貞仁。」倏地，在鄭貞仁面前出現了七孔流血的高天晴。

「啊——」這突如其來的鬼臉讓鄭貞仁嚇得往後倒，屁股狠狠地跌坐在地上。

面相難看的高天晴並沒有消失，而是朝她向前了一步。

「妳、妳想做什麼——」鄭貞仁趕緊從脖子上抽出了護身符，「別過來！」

「鄭貞仁，快去死，快點去死。」高天晴比了教室裡頭，那繩索不知道何時掛在了那。

「我不要……我不要死！」鄭貞仁大喊，「我要先見到林雍！我要問清楚！」

高天晴停頓了一下，忽然又往後退，消失在黑暗之中。

「這是……」鄭貞仁還沒搞清楚狀況，卻瞪大眼睛，在高天晴消失的背後，看見了林雍的身影。

可是，他卻和蘇茗茗抱在一起。

「哈、哈哈……果然……你們果然……」鄭貞仁握緊雙拳，咬著下唇，她內心從來沒這麼生氣過。

「鄭貞仁，去死、去死。」高天晴再次出現，在她的身後低語，「拉著他們兩個去死。」

這一次，在教室之中那美麗的繩索，變成了三條。

瞬間，鄭貞仁朝林雍和蘇茗茗的方向衝了過去，「你們居然敢背叛我——」

蘇茗茗一踏出教室，便發現大家都不見了，她立刻回頭，原本該在教室的王阡柔也不見了，頓時她嚇得差點腿軟，可是很快地她找回理智，讓自己心情平復下來。

她快速思考著，目前這樣的情況，源自於一年前的碟仙事件，當時碟仙請不回去，並表明要他們的命，可是最後卻在鄭貞仁的請求下，改口了一年後索命。

蘇茗茗咬著下唇，他們應該要感謝鄭貞仁讓他們多活了一年，還是要埋怨鄭貞仁答應了碟仙的條件？

但是在那個當下，他們似乎也沒有說不的權利。

「蘇茗茗？」林雍忽然出現在教室門外，這讓蘇茗茗又驚又喜。

「我以為大家都不見了！」蘇茗茗立刻衝到他的面前。

「本來是，我已經繞了好幾圈了，剛才異想天開把門關上再次打開，就看見妳了。」林雍用手機的燈光照著蘇茗茗的臉，「妳有沒有怎樣？」

「我沒事，可是你說繞了好幾圈，但我們不是才剛走散而已嗎？」林雍聽聞只是聳聳肩，然後擔憂地看著蘇茗茗的臉，感受到他的關心，讓蘇茗茗笑了起來。

在這種時候，還能溫暖她的心，還能讓她露出笑容的，就只有林雍了。

林雍和鄭貞仁在交往，這一點大家都知道，也知道鄭貞仁眞的很喜歡林雍。

可是，她也喜歡著林雍呀。

她和林雍是同一所國中的，可是受歡迎的林雍鐵定不知道她的存在，但沒關係，因爲自己確實是不受人注目的類型，所以蘇茗茗追到了高中，更在命運的安排下和林雍同班。

在迎新的時候，爲了能夠更加靠近林雍一些，所以當她發現林雍抽中了紅色貼紙必須下去玩碟仙時，她趕緊跟旁邊的人交換。

「碟仙、碟仙請降壇。」

她實在是暗戀林雍太久了，以至於當時的她糊塗了，在學長姐的保證之下，她忽略了凡事可能都有意外。

所以她才會在內心虔誠地想著，神呀、仙呀、靈呀、鬼呀，什麼的都好，只要能讓林雍注意到自己的話，那發生一點點靈異事件，或許可以讓他們靠得更近。

爲了能夠和林雍念同一所高中，蘇茗茗在學業上的努力自然不在話下，更是對這所高中做過很多功課，所以蘇茗茗記得，在日據時代的舊校舍裡頭，曾經發生過女老師自殺的陳年往事。

她記得，那個女老師也是暗戀著某個人很辛苦，直到對方結婚的那天，便懸樑自盡。

所以蘇茗茗在內心晃過了這一絲念頭，希望那個爲情所困的女孩能夠幫幫同病相憐的自己。

不知道爲什麼，她居然記得那個女孩的名字，所以蘇茗茗在心裡默唸著她的名字……

「妳在想什麼？」林雍輕輕搖晃了她的肩膀，蘇茗茗回過神。

「沒什麼，其他人呢？」蘇茗茗張望著。

「張安會照顧自己，蝦子和潘潘比較令人擔心。」林雍嘆氣，卻沒說出那個最該說出的人。

「鄭貞仁她……知道了嗎？」

「大概知道，我已經跟她說要暫時分開了。」林雍爲難地說著。

「她最近對我都很不友善。」

「我知道，妳再給我一點點的時間，我不能忽然就說分手，會讓她起疑的。」

林雍嘆氣，他怎麼會把事情搞成這樣子呢？

「嗯。」蘇茗茗點點頭，那模樣我見猶憐，讓他伸手抱住了蘇茗茗。

他，一直都記得蘇茗茗，他們從國小就同班了。

以前的自己身材矮小，而且因爲沒有節制的吃東西，從小就是一個胖子。而蘇茗茗不一樣，她從小就是受人注目的女孩，乾淨、恬靜、優雅的代表。

升上國中，他忽然變瘦也變高了些，受到大家的注目時間變多了，而蘇茗茗一樣是恬靜的代表，雖然不同班，可是他總是可以聽見男生們在討論蘇茗茗。

他曾經想過好幾次，要去跟蘇茗茗搭話，可是卻始終提不起勇氣，直到高中他們不只同校，還同班，甚至連迎新活動都被抽到一塊兒。

這簡直就是上天給的緣份，所以他決定這次一定要告白。

『我要你們死。』

「不可能，我們不會死。」張安說。

他們的迎新活動發生了一點意外，沒想到會出現真正的碟仙，他看見蘇茗茗臉色蒼白的模樣，多想開口要她別怕，可是此刻他自己也怕得要死。

「要我們做什麼都可以，請您快點離開！」鄭貞仁在一旁說著，白痴嗎？不能跟鬼魂談條件啊！

瓶蓋停了下來，接著慢慢出現：『一年後，我要你們的命。』

「命？你要殺死我們？」潘潘差點就要尖叫出聲。

『我是上吊死的。』瓶蓋移動著，『一年後，你們也要上吊，把命給我。』

「我、我不要——」蝦子面無血色。

「白痴，我們只能答應！」鄭貞仁這句話一說出來，所有人都倒抽一口氣。

『這一年，我會保你們心想事成、平安富貴。』瓶蓋快速地滑完這些字後，回到了起始點，再也沒有移動。

「你們在做什麼？快點收一收啦。」學長姐們吆喝，七個人全部瞬間鬆開了瓶蓋上的手，所有人都冷汗淋漓。

剛才那不是夢，那種壓迫、那種陰森，是真的有靈體降臨過。

「我們……必須去拜拜。」林雍提議著，所有人也都同意。

他們七個人到了廟宇收驚，得到的答案是，對方是普通的靈體，沒有殺傷能力，而且也談妥條件了，她會離開。

所以他們沒事了啊！

不過，眞的會那麼順利嗎？

碟仙離開前所說的那句話，總是讓他莫名的不安，不過說實在的，這一年來他們的確過得十分順利。

首先，他和蘇茗茗終於是能互相說話的關係了，可是每次面對她，林雍總是會詞窮，這導致蘇茗茗也詞窮了，兩個人總是無盡尷尬的延伸。

至於爲什麼會和鄭貞仁交往，那一切都是陰錯陽差，但不可否認的，在某些時刻，鄭貞仁確實很可愛，所以當林雍誤會了蘇茗茗和張安有些什麼的時候，他便放棄了。

和鄭貞仁交往了一段時間後，兩人個性的差異變得明顯，但無論怎樣的理由都不是理由，只是因爲他看見了張安和高天晴好幾次的私下會談，所以他跑去問了張安，難道和蘇茗茗分手了嗎？

「我和蘇茗茗交往過？怎麼可能！」張安嗤之以鼻，這下子，對蘇茗茗的暗戀之心又再次湧起。

這也是他開始疏遠了鄭貞仁的眞正原因，但是，他們兩個雖然互相告白了，可是沒有在一起。雖然只是自欺欺人，但至少他們兩個人沒有眞切的交往，就還不算背叛鄭貞仁。

這是第一次，兩個人擁抱在一起。

然而第一次，就被鄭貞仁看見了。

「你們居然敢背叛我——」鄭貞仁發了瘋似地朝他們衝過來，不分青紅皂白地抓住了蘇茗茗的頭髮。

「啊！」蘇茗茗痛得尖叫，而鄭貞仁一起手就是給她好幾個巴掌。

「妳這賤女人，怎麼可以搶我男朋友！」鄭貞仁大吼大叫著，「我要殺了你們！」

「鄭貞仁，妳冷靜一點！」林雍沒料到會忽然發生這樣的事情，所以他沒抓好下手的力道，將鄭貞仁用力往後一拉，讓她往後的牆角撞去。

「妳沒事吧？」但是林雍沒有回過頭去看鄭貞仁，而是心疼地撫著蘇茗茗的臉頰。

鄭貞仁覺得頭好痛，但是她的淚水更多流出，在她眼裡看見的，是林雍的踐踏，和林雍的背叛。

高天晴又出現在腳邊，她蹲了下來，那流滿血的臉說著：「鄭貞仁，去死吧，自殺吧。」

鄭貞仁想搖頭，但是卻發現自己沒辦法動彈。

「快點，去死吧，去自殺，去那邊。」高天晴比著後頭那三條搖晃的繩索。

「我、不要……我要……殺了他們，我不會死、不會自殺。」鄭貞仁的話讓高天晴垂下了眼睛，嘆息後消失。

「林雍，鄭貞仁她——」蘇茗茗驚呼，被往後一推的鄭貞仁撞到了牆角，那有個凸出的鋼筋，從鄭貞仁的後腦插了進去。

「我、我只是輕輕推一下！」林雍也嚇得往後退。

「鄭貞仁死了？」王阡柔出現在教室門邊，冷然地看著地板下的屍體，「你們這群孩子，到底在做什麼？」

「老師，我只是、只是推她一下——」林雍腦中混亂不已，他怎麼會知道那有個鋼筋，怎麼會知道這麼剛好，鄭貞仁就會……

忽然，王阡柔比向了後方的繩索，那只剩下了兩條。

「林雍、蘇茗茗，去死吧。」王阡柔咧起微笑，逐漸變形，這讓林雍和蘇茗茗都發出恐懼的聲音，蘇茗茗立刻拉起林雍的手，往另一個教室門的方向跑出去。

「我、我想起來了，那個上吊的女老師的名字——」蘇茗茗終於想起來了。

「王阡柔老師，我和您一樣被單戀的心傷得好痛苦，希望您能顯靈幫幫我，讓林雍……和我靠近一點。」

「這是什麼意思？王老師的確是之後才來帶我們班的，可是她就是個正常人不是嗎？」林雍不理解蘇茗茗的恐懼，但是剛才王阡柔的模樣，確實不是人類。

「你們答應過我，再讓你們多活一年，就會自殺來還我命，你們要守信啊。」王阡柔頓時出現在他們面前，她輕輕地側頭，比了一下自己手機螢幕，「現在是十一點五十五分，你們還有五分鐘可以上吊自殺，要是超過了十二點，就會由我來帶走你們。」

林雍立刻擋在蘇茗茗的面前，「我們不要死！」

「由不得你們，最一開始，你們就不該把我請出來。」王阡柔在舊校舍好好地待著呀，是蘇茗茗呼喚了她的名字，而用一年延期生命來換取一年後的自殺，也是他們答應的。

「答應的是鄭貞仁，不是我們！」林雍喊著。

「但是把我請出來的，是蘇茗茗。」王阡柔側頭，看著躲在林雍身後的蘇茗茗。

「這是眞的嗎？爲什麼？」林雍詫異地轉身，看著蘇茗茗的臉。

「因爲、因爲我想和你在一起，我眞的不知道會這樣子，我怎麼會知道……」蘇茗茗哭了起來，「我們完蛋了，我們殺了鄭貞仁……」

林雍握緊了手，看向了王阡柔，「其他人呢？」

而王阡柔只是比了一下手機螢幕：「十一點五十八分囉。」

滴滴、滴滴、滴滴——

「那是什麼聲音……」蘇茗茗抬頭，那聲音環繞著。

熟悉，卻又說不出來的聲音。

「嘖，還眞是一直阻撓我呢。」王阡柔瞬移般地來到他們面前，「快選擇，要自己上吊，還是要我動手？」

林雍回頭，看著瞪大眼睛死不瞑目的鄭貞仁，雖然是不小心的，但他還是殺了她。

「蘇茗茗，我很想保護妳。」但是最後，他什麼都沒辦法做到。

蘇茗茗也明白了林雍的決定，他們沒有選擇，「我們……一起……」

於是他們牽起了手，朝教室的方向走去，那搖晃的繩索在呼喚著他們的投入，兩人踩上了椅子，將脖子套入，在最後看了彼此，握緊的手即便踢開了椅子也沒有放開。

「終於……都死了。」王阡柔靜靜地看著，然後消失在這漆黑之中。

滴滴、滴滴、滴滴、滴答——

嚯——

「你醒了？」高天晴擔憂的臉出現在眼前，林雍一愣，他想起身，但卻發現身體很沉重。

「等一下，不要急，慢慢來。」高天晴調整了病床的按鈕，讓上半身隨著電動床起來，而同時她也按下了護士鈴。

林雍看了四周，自己的手上插著點滴，鼻子上有著呼吸器，而一旁的心電圖——滴滴、滴滴，就是這個聲音，他一直聽到的聲音。

「這是……」他要說話，卻口乾舌燥。

「你先緩緩，聽我說就好。」高天晴幫他調整了枕頭，「潘潘和蝦子，跟鄭貞仁死了。」

這是什麼意思？

「然後你、張安和蘇茗茗醒過來了，你是最後一個醒的，他們兩個現在都在檢查中。」高天晴抿了抿嘴唇，「我們躺了一年。」

他瞪大眼睛，一年？

根據高天晴的說法，他們在那場迎新活動之中，答應碟仙，也就是王阡柔的要求後，七個人便同時陷入了昏迷，在場的人無不嚇壞，因爲他們集體像是癲癇發作一樣，翻了白眼並且口吐白沫。

當下，所有人都被送往醫院，這件事情在全國鬧得很大，媒體幾乎一個月都在報導這個新聞，「高中生迎新玩過頭，新生集體中邪」。

送醫後，他們生命跡象穩定，可是七個人始終都沒醒過來，像是在做一場很長的夢一樣，漸漸地，除了家人和學校以外，已經沒人再關心這個新聞。

然而再次受到注目，是高天晴的甦醒。

她在一個禮拜前張開眼睛，之後痛哭失聲，卻露出了勝利的微笑。

「答應碟仙的事情，一定要做到。她讓我們做了一個很長的夢，讓我們在昏迷中度過一年，一樣去上學、一樣考試、一樣玩樂、一樣戀愛，可是我一直以來都覺得很奇怪，因爲我的記憶很曖昧，很多細節我記不得，例如我不記得我回家後的事情、也不記得和你們以外的同學說話、更不記得和王阡柔以外的老師有所互動，可是明明該是有的，但是在那長夢之中，我們都不曾質疑那些奇怪的細節。」

即便他們在夢中去過了廟宇，但是高天晴始終不踏實，她不認爲碟仙能夠這麼容易打發，尤其他們還答應了條件。

隨著約定的時間越來越近，那種怪異的感覺越來越明顯，有時候，她會聽見很奇怪的聲音，會聽見有人在腦中和她說話。

然後就在某天，她想起來了那滴滴的聲音是什麼，是心電圖的儀器聲響。

「張安，你最冷靜，這件事情我想了很久，你不覺得很奇怪嗎？」所以高天晴找了張安到花圃邊，把她的疑惑告訴了他。

「聽妳這麼一說，眞的很奇怪，我也沒有回家的記憶！」張安擰著眉，但是下一秒，張安的臉卻變得恍惚。

「張安？」

「啊？妳剛剛跟我說什麼？」張安忽然又問。

「我說，你不覺得這裡很奇怪？」

「哪裡奇怪？」張安聳肩。

他像是瞬間失憶了一般，而當高天晴抬頭，卻看見王阡柔站在教室走廊外盯著他們看，但是這個瞬間，眼前的建築物像是融化的蠟燭一樣，崩解分離，可是當高天晴眨眼之後，又恢復成教學大樓。

而王阡柔露出了詭異的讚賞微笑，轉身離開。

「其實，我只是賭一把，我覺得那個世界很奇怪，很不眞實，無論我每天多努力地想要記得回家後的事情，或是更詳細的校園生活時，都發現十分混沌。」

高天晴拿起一旁的水杯並插上吸管，放到了林雍的嘴邊，「所以我決定遵循和碟仙當時的約定，來到舊校舍上吊自殺，然而在那麼做的瞬間，我看見了王阡柔在我眼前，她露出了微笑，下一秒，我張開眼睛就回到了這裡。」

「這個意思……是要我們自殺……才能回到現實世界？」林確不敢相信，這是什麼荒謬的理論。

「對，她要我們遵守約定，只要我們履約，她也就會放過我們。」高天晴的眼眶裡盈滿淚水，「所以我醒來能活動了以後，發現我在夢中聽見的耳語，是我的家人和我說話的聲音，所以我想試試看，我每天都會輪流在你們病床邊要你們快點去自殺，快點去死，死了才能回來，但是我卻沒辦法講出太詳細的話，每當我要告訴你們那是假的世界時，要你們自殺或是上吊時，你們就會呈現急性休克，儀器會發出尖銳的聲響，我不能提醒你們，要是太過明顯的提醒，王阡柔會直接帶走你們。」

只有當他們說出了「不願意自殺」的時候，王阡柔才會帶走他們。

「所以，只有我們醒過來了。」高天晴掉下眼淚。

離開了那個世界的她，並不知道在裡面的後來發生了什麼事情。

王阡柔只是要他們遵守約定，這下子，她放了四個人離開，帶走了三個，然而只要他們都願意自殺的話，那所有人其實都能活下來。

沉睡了一年後再度甦醒的高中生這樣轟動的新聞再次席捲全台，而另外三個人在睡夢中猝死的事情，也讓他們的家長悲痛萬分。

活下來的人，在討論過後，決定不告訴世人眞相，反正說了也不會有人相信，他們只能假裝失憶，況且學校因爲那起事件後，把舊校舍都封鎖了，也不准再舉辦試膽大會。

這件事情，算是有了個落幕。

只是……

「林雍，你爲什麼都不願意見我？」蘇茗茗在電話那頭哭泣著，「鄭貞仁不是你害死的，是鄭貞仁直到最後一刻都不願意自殺，才會被王阡柔帶走的。」

「不是……」林雍躲在自己的房間，把所有的燈光都關了起來。

「我誰也不會說的，那是我們兩個的祕密啊。」蘇茗茗哀求。

「明天、明天我們就能見面了，到時候我再……」林雍掛掉了電話。

在漆黑的房間裡頭，鄭貞仁滿頭是血的，坐在他的床邊，一臉怒容，卻又充滿愛憐地看著他。

而林雍冷著臉，看著一旁的手機，「五十五、五十四、五十三……」

「沒想到會是這樣子，早知道我們就一起死了。」鄭貞仁歪頭笑著說，「太不公平了，要是再給我一點時間，我也會選擇自殺啊。」

「三十五、三十四、三十三……」

「欸，我知道你看得到我，但是你好狠心，爲什麼都不回應我呢？」鄭貞仁的臉湊到了林雍的面前，那血滴落到他的手機螢幕上，但又瞬間消失。

「二十、十九、十八、十七……」

「好過分啊，你就這樣在我面前倒數，眞的要對我這麼冷淡？」鄭貞仁起身。

「八、七、六……」

「好吧。」鄭貞仁親吻了林雍的臉頰，發出了笑聲，「我們明年鬼月再見。」

「二、一……」林雍抬頭，打開了電源的燈。

什麼都沒有。

鬼月，在今天結束了。

他們的長夢，也結束了。

然而明年的鬼月，鄭貞仁還是會來見林雍。

第四篇

糖，或者，南瓜燈

御我

那道瘦長得異於常人的身影，總出現在同樣細長的陰影之中，但大得不尋常的腦袋總能吸引人的注意力，當你望見他的那一眼便是厄運的開端……

大熱天的大學課堂上，冷氣吹得所有人都昏昏欲睡，偏偏這堂課的老師講話又像是催眠般平平無起伏，讓台下學生幾乎倒成一片。

一個男學生百無聊賴的看著手機，正想著要不要開交友軟體搜人聊天，卻收到一封信件，郵件地址看起來不像廣告信，他好奇地點開信件一看，信件底色是黑色的樹影幢幢，用南瓜黃的字述說著瘦長人影的故事。

那一年的萬聖節，
瘦高的男孩興高采烈的帶著南瓜燈要回去送給妹妹。
被同學欺凌，南瓜燈成爲凶器，一下下砸在男孩的臉上，
他們想把男孩的頭塞進南瓜裡，模仿萬聖節的南瓜稻草人。
男孩被打腫的臉宛如一顆爛南瓜，被人發現吊死在樹上……
每年的萬聖節，樹林之間總會有一道瘦長人影，頭異常的大，宛如南瓜。

看完那幾行短短的字，才會發現信件的背景不只是樹影，還有一道瘦長人

影，那道像是樹幹分枝的細線，原來是吊住脖子的吊繩。

男學生還覺得這故事和圖片眞有些帶感，萬聖節也快到了，說不定是派對邀請函，他也就繼續看下去，結果看到最後幾行，信件卻是這麼寫的。

知道這個故事的你已經被南瓜人盯上，南瓜人想要你的腦袋，做成南瓜燈送給妹妹，如果不想被做成南瓜燈，就要買糖，在南瓜人找上門的時候，取代南瓜燈作爲送給妹妹的禮物。

糖，或者，南瓜燈？

買糖的匯款帳號：1444XXXX87

結果是詐騙信！男學生暗罵，白眼才翻到一半，猛然間，圖片閃出一個巨大的南瓜頭，寫實的風格甚至畫出腐爛的瓜肉，挖空的黑洞眼睛和嘴巴不停流出黏稠的血。

男學生被嚇到反射性大罵，往後一退，椅子都差點翻倒了，引得全班都朝他看過去，就連睡著的人都被嚇醒，朝他投來莫名其妙的一眼。

「睡暈頭了嗎？要睡就乾脆回宿舍去睡！」

老師沒好氣的罵完，正巧下課鐘響了，他乾脆直接宣布下課，懶得理會這些不認眞上課的學生。

男學生被罵得脹紅臉，旁邊的同學看他朝著手機忿忿地罵了幾聲，好奇的探頭過來，也被手機上的照片狠狠嚇一跳。

這南瓜頭畫得可眞噁心，爛得都長蟲了！同學撇開眼神不敢再看，憂心忡忡地說：「黃博志你也收到南瓜人的信了嗎？那怎麼辦，你要買糖嗎？」

黃博志恨恨地罵：「買什麼糖啊！李家偉你當我傻啊？這就騙人的詛咒信，都什麼年代了，居然還有人在寄這種東西，放這種會突然跳出來嚇人的照片，害我丟臉，讓我知道是誰寄的，他就死定了！」

「不是啊，這個眞不一樣。」李家偉憂心忡忡地說：「你沒聽說過嗎？就隔壁系上的同學收到信，也是嚇一跳之後拿給大家看，還嘲笑那個南瓜人的故事，結果當天就莫名其妙摔車，嚇得他照信件說的匯款買糖，收到糖果後一直放在身上，後來才沒再出事。」

黃博志本來篤定是詐騙，一聽到這話，心裡頓時覺得有點怪怪的，但嘴上還是硬氣的說：「根本是巧合啦，摔車不是常有的事嗎！」

李家偉指向幾個座位遠的女生，說：「不信你問宋蓉蓉，大家在學校論壇說南瓜人的事，她也在下面留言說被南瓜人盯上衰事連連，買糖以後才沒事。」

聽到這話，宋蓉蓉的臉色一變，說：「我沒說過那種事！」

聞言，李家偉有點莫名其妙，他明明就記得那留言帳號就是宋蓉蓉的，對方很活躍，很多人都知道那帳號是她的，她一上去留言，很多人應和聊起來，南瓜人的事馬上變成熱門話題，他才注意到的。

難道眞記錯人了？李家偉半信半疑地說：「妳眞的沒留言說買過糖嗎？我記得就是妳沒錯啊！」

說完，他還看向宋蓉蓉旁邊的馬尾女生，求證般的問：「林芝香，妳也有看到吧？我記得妳不是也在下面留言說這是騙人的，讓大家不要亂傳嗎？」

正好，李家偉唯一記得清楚的兩個留言者就是眼前這兩個女生，宋蓉蓉信誓旦旦的說買糖之前衰事連連，引起一長串的討論。

林芝香則是反過來規勸大家不要相信這種事，但那時沒有多少人注意她說的話，只是因爲她的留言和大家唱反調，所以讓李家偉特別記住她。

林芝香正收拾著東西，她也沒否認，點了點頭。

宋蓉蓉突然激動的反駁：「反正我沒有說！你們不要賴到我身上！」

見到她的情緒這麼激動，同學只有摸摸鼻子算了，或許眞是自己記錯了呢？雖然林芝香也記得……

林芝香朝宋蓉蓉投去一眼，她也記得很清楚，因爲對方的留言量很多，幾乎就是宋蓉蓉挑起這個話題的熱度，不過這種怪力亂神的事情，對方事後否認自己說過的話，應該也不是太奇怪吧。

見兩人的表情都有些狐疑，宋蓉蓉乾脆揹起包包就走，不想再多說。

「喂，等一下——」

黃博志覺得心裡有點毛毛的，還想問清楚，卻見宋蓉蓉一走到門口，整個人突然被黑影罩住，她被嚇得小聲尖叫倒退幾步。

「哲一，是你呀……」

看清來人後，宋蓉蓉鬆了口氣，隨後卻見到陳哲一的臉色難看，一把拉著她就走。

「幹嘛啦！」她不滿的掙扎幾下，見對方使個眼色，看了看後方幾名同學，她才不再說話，乖乖跟著走。

時間不早了，林芝香跟剩下的兩名同學打招呼說再見。

「我先走了，你們別信那種東西，都是心理作用而已，收到信以後就把所有不好的事情都想到那封信上面去了。」

最後，林芝香還是忍不住好意的提醒兩名同學，雖然她跟兩人都不熟悉，但基本上，她在系上跟任何同學都不熟，眞正熟識的反而是別系的兩人。

現在，她就是要趕去其中一人的「家」，約定的時間都快到了，不能再耽擱下去。

等林芝香走後，李家偉好奇的問：「所以你眞的不買糖了？」

黃博志舉手作狀要揍對方，抱怨：「還說糖！都你啦，不告訴我還沒事，一說就害我現在覺得有點毛。」

「我是好心耶！」李家偉覺得委屈，咕噥：「反正糖又不貴，幾百塊而已，我聽到好幾個人都買了。」

好幾個人都買了？黃博志有點動搖，但想想被一封信嚇倒還被騙錢，簡直不能更蠢了，他一咬牙忽略內心的不安，硬氣道：「不買就是不買啦，幾百塊很少嗎？省一點可以吃好幾天了，人家林芝香不也說那是假的！」

見對方不信，李家偉也就算了，畢竟他也不是這麼信這些事，就是覺得花錢買個心安，尤其金額不大，省得整天想這事。

不過黃博志說的也對，幾百塊也能吃好幾天呢——

手機突然傳來通知聲，李家偉看見是信件，反射性就點開一看，熟悉的樹影幢幢……

再一抬頭就看見黃博志幸災樂禍的嘴臉。

「你買不買糖啊？」

兩人本來沒有多熱絡，結果因爲這事反倒熟悉起來，常常相約出去打球吃飯，互相虧對方差點變成冤大頭。

李家偉坐在體育館門口，正等著黃博志過來一起打球，對方遲到有段時間了，但他也沒多在意，延遲下課是常有的事，他用手機看搞笑影片殺時間，卻聽見耳邊傳來熟悉的幾個字。

「你聽說南瓜人的事了嗎？」

走過去的幾名學生面帶不安的討論：「假的吧？」

「現在學校整個版都在說南瓜人的事情，好多人舉證說買糖錢不能省，一開始是有點倒楣，接著就越來越嚴重，再不買糖，最後的結果就是……」

又是南瓜人？李家偉連忙用手機查看學校論壇，不過幾天沒看而已，一整串的文章標題全是南瓜人，最爆的話題則是一則新聞。

他們大學附近的一所高中發生霸凌事件，一個叫做許佑的學生長期被同學霸凌，被毆傷後的臉腫得像南瓜似的，最後不堪霸凌，上吊自殺……

等等，這不正是南瓜人的故事嗎？

李家偉整個毛了起來，留言串裡還有提供學生受傷的照片網址，下方還有小字備註內有血腥照片慎點，他有點好奇，卻又遲遲點不下手。

最後，李家偉想了個折衷的辦法，直接把手機拿遠一點，再點開網址看照片，猛一看以爲是顆南瓜的照片，他還鬆了口氣，原來是騙人的，結果放鬆戒心把手機拿近，才看清這哪裡是南瓜，根本是一個人的頭！

他從沒想過，人的臉竟然眞能腫脹成南瓜的形狀，五官被埋在腫脹的臉頰肉裡，根本看不清長相了，各種顏色的瘀青像是南瓜過熟後產生的斑點和腐爛，頂上的短寸頭髮是南瓜的蒂頭，根本難以想像這竟是一個人的臉。

李家偉整個人毛到大熱天卻感覺發寒，手忙腳亂地想關掉圖片，手機卻突然響了，嚇得他差點把手機摔出去。

「喂，我到不了了。」手機傳來黃博志沮喪的聲音：「走在路上莫名其妙被掉下來的樹枝打到，沒什麼大事，但脖子側邊被割傷，我在保健室，護士叫我去診所看看要不要縫。」

聞言，李家偉沉默了一陣，問：「博志，你有買糖嗎？」

「什麼糖？」黃博志莫名其妙地說：「你沒叫我幫你買東西吧？」

「不是，我是說……」李家偉有點不知該怎麼說，但想想對方都受了傷，他一咬牙就問：「你有買南瓜人的糖嗎？」

「當然沒有，不是說好不當冤大頭嗎？」

李家偉不安的說：「其實我有買。」

電話那頭，黃博志的語氣都變了，氣急敗壞的說：「喂，朋友有這樣做的喔？」

李家偉辯解道：「我、我想說這不是眞的啊，我就是不想多想，純粹買個心安而已，你又不一定要買，誰知道……」

「知道什麼啦？你想說我被樹枝打到是沒買糖的下場嗎？」

「我沒這麼說！」李家偉覺得心裡發毛，又不想被說迷信，左思右想實在不放心，認真勸道：「我看你還是買一下吧，你去看看學校論壇，事情好像變得有點恐怖，要不然我幫你買好了，當作我瞞著你買糖的賠罪，這樣行了吧？」

聽到這話，黃博志心裡舒服多了，大方的說：「算了啦，要買我自己買就好，我是不信啦，買不買再說吧！」

結果，他在診所等著看診的時候瀏覽完論壇，一堆人舉證歷歷，自己收到南瓜人的信後，有多鐵齒就有多衰，這還不夠，最後是那則霸凌慘案。

看完那張被打成南瓜臉的恐怖照片，黃博志立刻找回當初的信件，想匯款求個心安。

「家偉，我匯款失敗耶，根本沒辦法買啊！」

黃博志衝進宿舍找李家偉，他的脖子上還貼著繃帶，萬幸不用縫。

李家偉連忙說：「等等，我看看論壇有沒有消息。」

一進論壇就看見宣導預防詐騙的文章標題被置頂，所有關於南瓜人的文章全部被刪除。

李家偉半信半疑的回頭看黃博志，說：「學校說這是詐騙，可能是帳戶被凍結了，既然是假的，那應該不會有事吧。」

「也是，要匯款買糖本來就很奇怪……」

黃博志和李家偉互看一眼，想笑卻也笑不出來，心知這就是詐騙，心裡卻不斷想起那張被打腫臉的照片。

那個叫許佑的高中生該不會眞的是沒買糖才導致的厄運吧？

黃博志摸了摸脖子上的傷口，還刺痛著，這次不用縫，下次呢？

看見黃博志的舉動，李家偉就知道對方跟自己一樣並不是完全釋懷，建議：「要不然你去買包糖放在身上？」

「你收到的糖長什麼樣子？」

李家偉從口袋掏出糖果，那是很普通的硬糖，黑色的包裝紙印著黃色的萬聖節南瓜，還有一些英文字。

「看起來是很普通的糖。」

黃博志翻來覆去的看，感覺就是萬聖節前後會出的應景糖果，應該不難買吧，畢竟萬聖節就快到了。

「我現在就去買！」

結果這眞的是很好買到的糖！

黃博志在超市買到一模一樣的糖，根本不用費勁去找，萬聖節快到了，超市擺滿應景的糖果餅乾，這黑底黃南瓜包裝的糖也是其中之一。

簡單到讓他眞的開始覺得自己很蠢。

「這眞的就是詐騙吧！」

黃博志拆開一顆糖，金黃色的糖果看起來倒是挺討喜，一次得買一整包，不吃還能怎麼著？他還丟幾顆給李家偉。

李家偉苦著臉，還怕跟自己的糖弄混了，只好把眞正的糖放進錢包裡。

黃博志不置可否的說：「你也太小心了，看看這一大包糖，根本就是騙人的！」

「是你太不小心吧，明明沒買糖後受傷的人是你！」

「巧合啦！」

如果這糖果很難買到，黃博志或許還會再信幾分，但是超市一買一大包的東西，南瓜人是要怎麼分辨到底是不是匯款買的糖？再說匯款這件事本身就很可笑……

李家偉不放心的說：「你這幾天還是多注意一下啦！」

黃博志拍拍對方的肩，粗神經的表示沒問題。

見狀，李家偉也覺得自己太過緊張了，這糖還真的分不出差別，如果當初寄來的糖有兩顆以上，現在他可能早就拆一顆來吃吃看到底和超市買的糖有沒有不一樣。

但他只有一顆糖，怎麼都捨不得拆開，好歹是幾百塊買的糖，就算真的是被詐騙，在那則令人毛毛的新聞落幕前，當個護身符先放在錢包裡也不會怎樣。

李家偉告別黃博志，自己走回租屋處，雖然時間接近半夜，但大學附近倒是不會太暗，多少有店家或者超商還在營業。

走了一小段路，手機傳來訊息，李家偉不經意朝螢幕看一眼，然後僵住了，看著手機裡的新信件標題竟然又是南瓜人！

他本來還想著這是要騙第二次嗎？想要直接刪除，但又有點怕怕的，最後決定如果還有糖可以買，他就買一顆給黃博志吧！

李家偉倚著路燈老半天才下好決心，點開信件，卻沒有在信中看見買糖的匯款帳號，只有一篇看起來不太一樣的故事，但具體改動過什麼，他也記不清楚原本的故事細節了。

難道這是有人模仿的惡作劇？新的這一篇看起來很像是……李家偉搞不清楚狀況，乾脆打視訊電話給黃博志問問。

「喂，博志你有沒有收到第二封南瓜人的信？」

黃博志一怔，狐疑的問：「第二封？等等，我看看。」

李家偉等著黃博志，心裡有點希望對方也收到了，雖然這想法是有點糟糕，但眞的不要只有他收到啦！

黃博志疑惑的查看信箱，第一封南瓜人的信件早在買不到糖的時候就被他刪掉，也沒再出現第二封，垃圾信件匣都翻過了。

「沒有信啊！」他看向螢幕，提醒：「喂，李家偉你擋到後面的人，讓路給人家啊。」

李家偉不解，什麼後面的人？他特地靠在路燈下，右邊這麼寬的人行道，誰還能被他擋到了？

他回頭一看，入眼卻是一顆腫脹的南瓜……

黃博志看見螢幕旋轉，期間還傳來李家偉的叫聲，他目瞪口呆，不知道發生什麼事，該不是被搶了吧？

他趕忙叫上幾個室友，過去看看情況，最後在路燈下找到昏迷不醒的李家偉，找到人的時候，對方的面朝下趴著，一翻過來，那臉腫了半邊……

幾人叫來救護車，人一抬上去就醒過來，李家偉整個人猛地從擔架坐起身來，嚇了醫護人員一大跳。

「我看見南瓜人！」

黃博志無措地看著李家偉，對方的半張臉腫得像顆饅頭，卻好像不知痛似的，整個人歇斯底里的大喊大叫：「博志你也看見了吧？是你叫我讓路給後面的人，那就是南瓜人，他來要我的頭了！我不會被做成南瓜燈吧？我不要啊！」

「不會啦，你有買糖啊！」黃博志連忙安撫對方。

「對、對，我有買糖，一定是這樣才沒有被做成南瓜燈！」

李家偉一隻眼被腫脹的臉擠得看不見，另一隻眼卻異常晶亮，他認眞的提醒：「博志你要小心，你沒買南瓜人的糖，記得把整包糖拿著看看有沒有用！千萬要小心啊！小心背後，不要靠在路燈下，小心吶……」

比起南瓜人，黃博志更怕李家偉現在像是發瘋一樣的狀態。

「可能要找精神科來會勘了。」醫師不解的問：「不就摔了一跤嗎？怎麼就嚇成這樣了？嘴裡一直念著南瓜到底是什麼意思？難道他摔倒的時候撞到南瓜嗎？」

黃博志覺得有點尷尬，但還是認眞解釋給醫師聽，免得延誤到李家偉的治療。

說完後，醫師和護士都是哭笑不得的表情，讓他更感覺尷尬了。

醫師勸道：「年輕人別信這些亂七八糟的東西，他可能太相信那封信，看到相近的形狀就當成南瓜，摔倒後又撞到頭，現在神智正混亂，胡言亂語呢，等睡一覺清醒後就沒事了。」

黃博志連連點頭稱是，仍舊半信半疑，但就算眞的有南瓜人，明明李家偉才是那個有買糖的人，爲什麼卻是找上他？還是說……下一個才輪到自己？

想到這，黃博志的臉都黑了。

還是，找個什麼拜一拜吧？

但從小跟著大人拜拜，卻大半不知自己在拜哪一尊神明，黃博志眞的爲難了，想著乾脆上匿名版問問有沒有哪間廟特別靈。

結果卻在匿名版看見，滿滿的南瓜人標題。

收到南瓜人的第二封信！

眞的看見南瓜人了，但一晃眼又變成普通的南瓜裝飾，是我眼花嗎？有人也看見了嗎？

我摔車了，明明買過糖，爲什麼還是這麼衰？

萬聖節快到了，南瓜人在那天會不會出現？

黃博志看見萬聖節三個字，突然有種心慌的感覺，點進那個標題一看，果然不是只有他想到這點。

南瓜人會不會是在萬聖節那天才會摘人頭做成南瓜燈？

整天的課，宋蓉蓉都是一副魂不守舍的模樣，還引來旁邊的林芝香詢問。

「需要陪妳去保健室嗎？」林芝香擔憂的低聲問：「妳的臉色好蒼白，還好嗎？」

聽到這些關心的話，宋蓉蓉忍不住眼眶一紅，平時一起玩的那群沒人關心她的臉色，卻是一個根本不熟的同學注意到了，但她又怕對方更進一步詢問，只得丟下一句：「我沒事。」

林芝香端詳著宋蓉蓉，雖然對方回的話很短，好像不想理會她，但神色卻完全不是那麼回事，倒像是再多說一句話就會哭出來似的。

等下課後沒人再問看看吧。林芝香不再說話了，免得對方忍不住在課堂哭出來，之後會覺得很尷尬吧。

下了課，宋蓉蓉也不敢多留，免得林芝香關心，雖然她眞的很想找人說說……

「蓉蓉，等等——咦？居然是路揚打來的電話。」

聽到林芝香的呼喚，宋蓉蓉跑得更快了，等到出校園，她回頭看對方沒追上來，心裡反而有些失落，但對方好像是爲了接電話才沒跟上來。

宋蓉蓉漫無目的地走在街上，看見路旁店家擺放的電視正在播放新聞，探討校園霸凌事件，年紀輕輕的霸凌者手段如此兇殘，爲什麼沒有人對受害者伸出援手？

隨後有專家跳出來說，那個受害者許佑本身就不單純，前陣子剛涉及詐騙案件，或許是騙同學才被人下手教訓……

看到「許佑」這個名字，宋蓉蓉一陣心慌，這時，新聞猛然秀出受害者當初被打腫臉的照片，雖然有馬賽克，但宋蓉蓉早就看過那張照片，也是這張照片讓她真的後悔了。

耳邊突然響起一聲貓叫，本來是很可愛的撒嬌音，此時卻顯得很突兀且尖銳，讓宋蓉蓉嚇了一跳，才想起來是自己手機的聲音，拿起手機一看，她竟然收到那封南瓜人的信，氣得她立刻按轉寄，把信件轉寄給那群人。

陳哲一立刻就打電話來罵：「妳竟然敢寄這封信給我！」

宋蓉蓉尖叫道：「還不是你們先寄給我，陳哲一，我要跟你分手！」

「妳說什麼——」

宋蓉蓉掛斷電話，立刻把陳哲一和那群狐朋狗友全部拉進黑名單封鎖。

剛鎖完，手機卻不斷傳來貓叫，一聲比一聲高亢，螢幕上是一整排的收到信件通知，全部都是南瓜人的信。

一定不能再和陳哲一那群人往來！宋蓉蓉想把信件丟到垃圾桶，無意間卻點開其中一封信，正想刪除的時候，卻發現上面寫的故事有些不同。

那一年的萬聖節前夕，

瘦高的男孩與高采烈的帶著禮物要回去送給妹妹。

在暗巷中被欺凌，男孩被打腫的臉宛如一顆爛南瓜，他變成不會說話的南瓜人，吊在路燈下搖曳。

每年的萬聖節，路燈下總會有一道瘦長人影，頭異常的大，宛如南瓜。

南瓜人需要禮物送給妹妹，

糖，或者，南瓜燈？

宋蓉蓉看著故事內容，正想著陳哲一那夥人是眞的過份，他們竟然還改動故事迎合霸凌事件，這是想要繼續騙下去嗎？

但看著這段故事內容，她突然覺得有些不對，她想起陳哲一第一次提出要做詐騙信——不對，當時他是說要做惡作劇信，看看有誰那麼笨，眞的會匯款過來，她才答應去論壇留言帶風向！

當時，宋蓉蓉是抱著好玩又想看傻子的心態，等眞的拿到錢，也抱著僥倖的心態，想著只是幾百塊而已，沒有人會爲此鬧大吧。

但等到金額越來越多，事情開始發酵，陳哲一甚至找到門路大量買電子郵件地址，宋蓉蓉眞的開始害怕了，但陳哲一再三保證不管是寄信的信箱或者匯款的銀行帳號都查不到他們身上。

但宋蓉蓉還是想抽身，她乾脆不去找陳哲一那夥人，直到那天看見論壇在討論霸凌新聞，她才惶恐的去找陳哲一。

「哲一，你、你看到論壇的文章了嗎？那個『許佑』是不是……」

聽到這話，陳哲一臉色立刻變了，罵道：「妳在亂說什麼，那根本跟我們沒關係啊！」

宋蓉蓉不敢置信地看著林哲一，「你沒看新聞嗎？那個被霸凌的高中生名字就是帳戶名——」

陳哲一立刻打斷她的話，怒吼：「我才不管他的名字是什麼，他被同學霸凌和我們有什麼關係？宋蓉蓉，我警告妳，妳要是再跟任何人亂說話，到時候妳自己負責，反正當初挑起話題的人就是妳，要查也是查到妳身上！」

當時，宋蓉蓉氣得簡直要暈過去，但她卻也真的不敢說出去，每天都深怕警察找上門來，不管是告她詐騙，還是更嚴重的——但那個許佑是被同學霸凌死掉的，這和她真的沒有關係吧！

這時，手機螢幕突然跳出一張圖，卻不是南瓜人的照片，而是那張被霸凌的腫臉照。

宋蓉蓉尖叫著把手機摔出去。

手機螢幕裂成蜘蛛網狀，卻還在不斷傳來一聲聲的貓叫。

陳哲一的話都沒說完就被掛斷電話，想再打過去卻打不通，想也知道宋蓉蓉那女人把他加進黑名單了，頓時氣得也把她加入黑名單。

不過，那女人到底是什麼意思，她說是他們先把南瓜人的信寄給她？

「你女友沒問題吧？」旁邊的同學不高興的說：「我們四個都不幹了，事情過去就算了，她該不會還跑去告狀吧？」

「不會啦，她不會想惹禍上身。」陳哲一很了解宋蓉蓉的個性，對這個倒是不擔心，他停頓了一下，先看看周圍，海產攤吵得要命，沒人在注意他們，他這才放心問：「你們有人把那封南瓜人的信寄給宋蓉蓉嗎？」

幾人你看看我我看看，紛紛說「沒有」、「不是我幹的」。

見狀，陳哲一也沒多追究，誰知道是不是宋蓉蓉自己惹到誰，被人故意轉寄這封信。

「啊——幹，我的手機！」

有人突然嚇得大叫，手機都被摔飛到桌下，他連忙低頭去撿起手機，發現沒事後，連忙喝口酒壓壓驚，帶著幾分醉意，不滿的說：「你們是誰改了南瓜人的信啊？不會先說一下喔！這次改的很行啊，比之前還恐怖，這是要繼續幹嗎？那還要找一個新的銀行帳號，嘿嘿，不如跟上一次一樣——」

「不行！」陳哲一立刻否決：「最近什麼事都別做，要是輕舉妄動被警察盯上，就自己擔下來，別扯到別人身上。」

「可之前已經賺了十來萬呢！誰知道傻子居然會這麼多。」

那男生不甘願的咕噥，但他也不想被抓，只是覺得可惜罷了。

警告完畢，陳哲一才察覺不對，逼問：「是誰改了南瓜人的信？」

三人面面相覷，早在新聞出來之後，他們就被陳哲一警告不准再寄信，誰還會多此一舉去改信。

陳哲一點開南瓜人的信，其餘兩人也是好奇，紛紛從自己手機點開信來看，那個率先被嚇到的人也是惡趣味，沒警告他們關於照片的事情，總不能只有自己被嚇到嘛！

看見故事內容，陳哲一的臉色就已經很難看了，沒想到下一秒，那張南瓜腫臉的照片就彈出來，他險些把手機也摔出去。

陳哲一怒道：「到底是誰改的這封信？」

三人卻是莫名其妙，根本找不出是誰會去做這種事。

「是不是別人跟著幹的？」最先點開信件的人硬著頭皮說：「你看，裡面也沒有匯款帳號，就是別人跟風弄的吧！」

另一人覺得不對勁，說：「可是裡面提到暗巷的事情，別人不會知道吧？」

另外兩人這才明白為什麼陳哲一這麼生氣，他們之前根本沒有看得那麼仔細，邊看邊防著圖片彈出來，誰會真的認真去看內容啊！

有人不滿的說：「喂，陳哲一，會不會是你女朋友在亂搞啊？」

「蓉蓉根本就不知道暗巷的事情！」陳哲一怒說：「我根本沒有跟她說，你們呢？誰跟她講過嗎？」

三人也是紛紛搖頭，開始覺得這事真有點不對勁了，酒是一口接一口的喝下去。

有人看著酒杯，突來一個猜想：「是不是我們喝酒的時候不小心說出來了呀？」

這話一出，眾人都覺得有道理，他們不乏喝得亂七八糟的時候，誰知道有沒有說出一些什麼不該說的話。

「我明天就去找她！」

陳哲一打定主意，絕對不能讓宋蓉蓉出去亂說。

「靠你啦！」

時間晚了，加上信件的事情不明，四人都有幾分擔心，也沒有興致再繼續，乾脆各回各窩去。

四人中有三人是騎車過來的，雖然喝了酒，但誰也沒當回事，照樣跨上機車。

陳哲一的租屋處離得最近，他直接走回去，順便醒醒那幾分煩躁的醉意，他邊走邊看手機上的信，越看越覺得懷疑，真是宋蓉蓉搞出來的嗎？她一向不是瞞得住事的人，要是知道這些事，態度早就不對了，不會等到現在才爆發。

難道是被人看見了嗎？畢竟不是什麼隱密的地方，暗巷……

「我不要再幫你了！」

突然聽到這句，陳哲一皺眉，抬起頭來，一群和他同齡的人迎面走來，十分喧鬧，每個人都在說話，根本聽不出是誰說了剛才那一句。

陳哲一不想多惹麻煩，低著頭與這夥人擦肩而過時，卻聽見一句「我知道你在騙人」，近得彷彿有人靠在他耳邊說話。

他扭頭瞪了那群人，但對方根本沒人在注意他，勢單力薄的陳哲一也只能算了。

「你再來，我真的會去報警！」

背後再次傳來聲音時，陳哲一終於忍無可忍，回頭吼：「你們到底是什麼意思？」

後面根本沒有人。

大半夜的巷子冷冷清清，哪來一整群喧鬧的人，陳哲一寒毛直豎，在原地呆愣半晌，沒有發現其他異狀，他這才揉揉太陽穴，想著是不知不覺喝多了吧。

轉身打算繼續走回租屋處，他卻一眼看見路燈下那道瘦瘦長長的人影，腦袋看起來異常的大。

當那身影隨風搖曳時，陳哲一才發現，對方的雙腳離地，根本不是站在路燈下，而是吊在下面……

上課鐘響前，林芝香趕忙進教室坐好，才坐下來就發現左右兩名同學看起來都有點不太對勁。

黃博志看著只是神色不安，但宋蓉蓉就嚴重多了，林芝香記得宋蓉蓉總是打扮得很漂亮來上課，今天卻連妝都沒化，臉色還十分難看，衣服看著也不像以往是精心搭配的。

黃博志本來沒怎在意坐下來的女生，但卻聞到一股熟悉的味道，他轉頭靠近聞了聞，讓隔壁女生臉色一變，瞬間往後退。

他發現自己的舉動不對，連忙問：「你身上的味道是拜拜燒香的味道嗎？你去拜拜了？這麼早就去？」

林芝香有點爲難，她是不想說的，免得被同學當成異類，但轉念一想，她在班上本來就是個獨行俠，哪裡在乎過別人的看法，何必爲了掩蓋去說一些違心之論。

想通後，她坦承道：「我每天凌晨會去廟裡修行，再過來上課。」

「妳不是尼姑吧？」黃博志好奇了，有不用剃頭髮的尼姑嗎？

「不是，只是在廟裡靜心打坐而已。」林芝香沒有說得太清楚的意思。

「那座廟在哪？很靈嗎？」

林芝香覺得有些奇怪，雖然和黃博志不熟，但也記得這男生大大辣辣的，似乎不是那種會特地去廟裡虔心拜拜的人。

隨後，她又發現竟然連宋蓉蓉都被吸引過來，聚精會神地等著聽廟宇靈不靈驗的話題。

林芝香頓時覺得不太對，關心的問：「你們發生什麼事了嗎？」

黃博志低聲問：「妳知道南瓜人嗎？」

南瓜人這詞一出，林芝香就發現宋蓉蓉的表情變得非常驚恐，看來兩名同學不對勁的原因或許還是同一個。

她反問：「是萬聖節的傳說嗎？」

黃博志不敢置信的問：「不是，是最近很熱的事，妳都沒在看學校論壇嗎？匿名版？」

「都沒有。」她老實承認。

黃博志一臉的恨鐵不成鋼，立刻把來龍去脈講給林芝香聽，然後講到一半被老師請出課堂，沒想到，宋蓉蓉也跟著出來了，雖然她一直沒說話，但顯然也是被南瓜人的事困擾。

林芝香聽著南瓜人信件的始末。

黃博志還打開匿名版，比給林芝香看，很多人都說目睹南瓜人，而且離萬聖節越近，看見的人越多，事情也越嚴重，雖然目前看到最嚴重的幾件事也就是摔車和李家偉的事。

「李家偉還在家裡休養，據說有比較好了，但只要看見南瓜還是會歇斯底里，偏偏現在萬聖節快到了，各處都有南瓜裝飾，所以暫時不回學校來了。」

林芝香想了想，說：「多半是自己嚇自己吧，收到南瓜人的信，又那麼多人信誓旦旦說看見南瓜人，現在到處都是南瓜裝飾，人是很容易眼花的，或許一個看錯，又是一則新的目睹南瓜人事件，大家就更相信有南瓜人，這變成一種惡性循環了。」

聽到這話，黃博志又是失望對方不信，但同時又鬆口氣，覺得應該就是這樣吧，根本沒有南瓜人這種東西，這心情複雜到他都不知該怎麼形容。

「你們不放心的話，今天上完課，我帶你們去廟裡拜一拜吧。」

黃博志立刻說：「好！乾脆現在就去吧？」

林芝香為難的說：「我今天一天都滿堂。」

黃博志也沒想為難人家，乾脆說：「那我今天都跟著妳上課，等妳下課就過去。」

聞言，林芝香也是哭笑不得，說：「沒這麼誇張吧，你也去上你的課，我們約在校區門口就好了。」

「很誇張！他、他們好幾個人受傷，還有一個人聽說不見了。」

兩人一齊看向宋蓉蓉，後者說話細細弱弱，神色萎靡，和之前精神漂亮的模樣簡直判若兩人。

「誰不見了？」

黃博志沒聽說過這件事，匿名版也沒人提過，如果有失蹤這麼大件事，肯定會鬧得更加沸沸揚揚，他早就去拜拜了，還會拖到現在，再過幾天就是萬聖節！

「我男友……前男友那一掛的，有兩人現在還在醫院，還有一個失聯，不過那人好像不是第一次離家，他家裡人不太管，也沒有報警。」

一開口說話，宋蓉蓉終於崩潰了，她把這段時間的經歷全說出來。

「我每天都收到南瓜人的信，每天好幾百封，訊息一直跳！換手機也沒有用，我連信箱都不敢登錄，卻變成收到簡訊，後來根本不敢拿手機，但是只要走過有電視機的地方，全都在播那則霸凌新聞！」

「我以爲是陳哲一他們搞的鬼，去找人算帳才發現他們根本不可能來耍我，一個摔車，另一個踩空摔下樓梯，兩個都還在醫院裡，還有一個根本找不到人！聽醫院裡的兩人說好像只有陳哲一還沒事，但他躲著不敢出來了，我打電話給他都直接轉語音信箱！」

宋蓉蓉突然大哭，拼命道歉：「對不起！眞的對不起啦！我不應該騙人！」

黃博志聽得目瞪口呆。這、這也太慘了吧？爲什麼都沒有在匿名版聽人說到這幾個人的例子，大家討論最多的例子還是李家偉那件事。

林芝香若有所思的看著宋蓉蓉。

「走吧，我聯絡一下人，我們一起過去廟裡。」

黃博志反射性就問：「妳不是說今天滿堂嗎？」

「這還怎麼上課啊！」林芝香嘆了口氣，拉著宋蓉蓉就走，否則繼續在走廊哭下去，全系都要來圍觀了。

說得也是。黃博志迷迷糊糊的跟著兩個女生走，途中，林芝香還打起電話。

「路揚，我這邊有點事，你們能到校門口等我嗎……啊？有這種事？你等等。」

林芝香皺著眉頭，心中有種不好的預感，轉頭問宋蓉蓉：「妳說有一個人失蹤，他叫做什麼名字？哪個系，幾年級的？」

問到答案後，林芝香把答案告訴電話的另一端，說：「你先查查是不是吧，我帶人去清微宮等你們。」

掛斷電話後，林芝香就看見其他兩人表情不太對。

宋蓉蓉驚恐到都說不出話來了。

「發、發生什麼事了嗎？」黃博志結結巴巴的問。

林芝香搖頭說：「先別問吧，我也不知能不能說，或許晚一點，你們就會在新聞看見。」

「……」黃博志很想哭，所以是不能說，還會上新聞的那種事？

領著兩人，林芝香來到一座宮廟，廟宇不算太大，但也不算小，有兩進院，外頭的匾額上寫著清微宮。

一進到宮廟，不知是不是黃博志的錯覺，他覺得整個人輕鬆了不少，從沒想過香火會是這麼舒服的味道，大概也是因爲這裡不是那種人擠人的大廟，香客零散，香火的味道清清淡淡剛剛好，廟的四周有一些老人家，有的在下棋，有的掃地，還有幾人在打慢悠悠的太極拳。

相較於外頭的喧囂，這裡有種說不出的悠哉閑靜，讓人踏進來就覺得舒服。

林芝香熟門熟路的跟在場的老人家打過一圈招呼，這才對兩人招手。

「先過來拜拜吧。」

點了三人份的香，林芝香先謹慎交代兩人在拜拜的時候把事情跟神明說明清楚，這才帶著兩人拜了一圈。

這輩子，黃博志最認眞拜拜的就是這一次了，他跟神明說著這陣子的擔心受怕，希望神明可以保佑他不被南瓜人做成燈，還把李家偉的事情也說了，希望神明可以先保佑人，等李家偉可以出門，他就立刻帶對方過來拜拜。

拜完一圈，林芝香帶著兩人在涼亭坐下來。

一個笑咪咪的和藹老婦人端著茶水盤走過來，林芝香連忙去接手，低頭道謝：「謝謝春奶奶。」

放下茶盤，林芝香也沒有多說話，直接開始泡茶，動作十分到位，算不上行雲流水，但看著倒也很典雅。

見狀，黃博志莫名有點信心了，問：「拜拜完，神明眞的會保佑我們吧？」

林芝香瞄了他一眼，說：「你的話，大概可以吧。」

什麼意思啊？黃博志覺得這話聽起來古裡古怪的，還大概？敢不敢百分之百肯定啊！

她沒再理會黃博志，而是看向宋蓉蓉，後者惶恐的低垂著頭，不時露出欲言又止的表情，但始終不敢開口說話。

這時，一個老人家走到涼亭外邊，卻沒有進來。

林芝香突然站起來，宋蓉蓉和黃博志先是一愣，看見外邊有個老爺爺，也覺得自己坐著不好，連忙跟著站起來。

老人家穿著寬鬆的袍子，臉上皺紋不少，絕對是爺爺輩的，但精氣神極好，身型看起來更不像是老年人，還十分健壯。

黃博志覺得這位「老人家」或許能打兩個他。

「囡仔人黑白來！」

老人家看了宋蓉蓉一眼，搖搖頭，對林芝香說：「去找阿揚處理，妳還不能自己來。」

聞言，老人家也不再說話，自顧自地走開。

林芝香點頭，解釋：「我有找了，在這裡等他。」

林芝香重新坐回位子上，十分沉得住氣，繼續把茶泡完，給兩人各倒一杯，說：「喝茶，小心燙。」

黃博志是個閒不下來的性子，但在林芝香泡茶的期間，他竟不想拿手機出來看，只悠悠哉哉的環顧四周，聞著香火和茶香交織的味道，心裡難得這麼平靜。

黃博志喝了一口茶，熱呼呼的茶水下去，更是通體舒暢，他讚道：「原來這裡這麼舒服，難怪妳喜歡過來。」

林芝香也不解釋自己會每天過來修行是有緣故的，要說完她的故事，恐怕天都要黑了，而且眼前這兩人多半還不敢相信。

林芝香慢慢品茗，雖然，有人的故事比她的更難以置信就是了。

宋蓉蓉學著林芝香，捧著茶慢慢喝，沒有不斷響起的手機鈴聲，也沒有到哪都能看見的霸凌新聞和南瓜腫臉，看著林芝香不慌不忙的泡茶，她感覺到許久不見的平靜，完全不想離開這裡。

沒多久後，兩道身影風風火火的衝進涼亭，打破悠哉閑靜的氣氛，卻帶來勃勃生氣。

「渴死我了！」

其中一人大辣辣的坐下來，端起茶就倒給自己一杯，絲毫沒在客氣，他的五官輪廓較深，棕髮綠眼，看起來似乎混有外國血統。

「路揚？」宋蓉蓉驚呼。

路揚先勾起嘴角微笑回應，等喝完這口茶，才開口說：「我們在哪裡見過嗎？抱歉，我好像沒什麼印象。」

宋蓉蓉用力搖頭，解釋：「不，我們不認識，但你是外文系的混血兒系草啊！我還在表特版看過你的照片，大家都說你很帥，只是有點太奶油了，但你真人好像沒那麼奶油，而且比想像中還高！」

每個人看到他都說比想像中高，路揚瞪向身旁的人，一定是被這傢伙襯矮了，他明明就不矮！

另一人跟著坐下來，林芝香倒了杯茶給他，他倒是不急著喝，慢條斯理的對同伴說：「恭喜你又上了個什麼版，眞的不考慮轉行當藝人嗎？」

路揚白了對方一眼，說：「行啊，等你接下我的位置，我就去轉行。」

「你這危險的位置還是自己坐好坐滿吧！」那人抹了抹臉，對兩個陌生同學自我介紹：「你們好，我是姜子牙，路揚的同班同學。」

黃博志和宋蓉蓉也說出自己的名字。

兩方認識完，黃博志立刻好奇的問：「你的名字是那個封神演義的姜太公姜子牙嗎？」

姜子牙點頭說：「對，就是那個姜子牙，完全同字，眞名，沒改過名字。」

「還眞特別……」

這時，林芝香對兩人，尤其是宋蓉蓉，說：「你們把來龍去脈跟他們說清楚吧！」

「等等，我們就是在等他們兩個？」

黃博志很訝異，本來以爲是在等什麼法師之類的，林芝香不是說她有在修行嗎？搞不好是在等她的老師，結果來的是兩個別系的同學。

姜子牙朝路揚一指，說：「這間清微宮是路揚家的，他就是這裡的現任道士，領有正規道士証，保證不騙人。」

黃博志和宋蓉蓉都看向路揚，經典的愕然表情，姜子牙每次介紹路揚的道士身分都能看見這號表情，屢試不爽。

路揚朝兩人燦笑，帥得連黃博志都不得不承認這傢伙是真的帥。

這時，突來的手機提示聲讓宋蓉蓉嚇得抓緊林芝香的手，她本來是萬年手機不離身的人，現在卻是聽到各種手機鈴聲就怕得不行。

路揚拿起自己的手機，一邊滑一邊說：「胡小隊長已經查到了，死者身分確實就是林芝香說的那名學生，應該不是他殺，車騎太快，轉彎自撞護欄，人飛出山坡，脖子正好卡在分岔的樹幹上，這跟上吊的效果差不多了，人應該是當場斃命，沒什麼掙扎的痕跡。」

聽到這段描述，黃博志和宋蓉蓉的臉色都瞬間刷白。

「宋蓉蓉，你把事情跟他們說清楚吧。」林芝香誠懇的說：「說得越清楚越好，如果真的不敢說，那就乾脆不要說，就是千千萬萬別說謊，要是誤導他們處理錯了，甚至可能會有反效果。」

聞言，加上剛聽到有人真的死了，宋蓉蓉嚇得臉色發白，再也不敢隱瞞，一口氣全說出來。

「陳哲一有天跟我說，他撿到一個背包，裡面有存摺印章，他說要利用那個銀行帳戶來做惡作劇信件，試試看大家是不是會笨到匯款，讓我去把話題炒熱起來，結果真的有很多人相信南瓜人的信，我們收到很多錢。」

居然是假的！黃博志難以置信的看向宋蓉蓉。

「後來事情越鬧越大，我就不想繼續了，可是陳哲一不肯放手，然後就看到那則霸凌自殺的新聞……」

想到那則新聞，宋蓉蓉垂下頭，畏縮的說：「陳哲一拿來用的銀行帳戶名字，就是那個被霸凌自殺的學生，許佑。」

黃博志瞠目結舌。

路揚進一步問：「除此之外，妳是不是還知道點什麼？所以才會這麼害怕。」

望見林芝香鼓勵的眼神，宋蓉蓉躊躇了一下，終於鼓起勇氣說：「我、我不知道詳情，只是覺得他們好像不是單純撿到存摺，他們有時候會說一些不想讓我聽的事情，有一次我聽到他們說『許佑那傢伙越來越不乖』，但是他們一發現我在，就不繼續說了。」

「我知道的就只有這樣。」宋蓉蓉邊掉淚邊道歉：「對不起，我不該騙人，我會把自己用掉的錢全部還回去！」

林芝香正想安慰對方，路揚卻把姜子牙的手機從口袋掏出來，塞到宋蓉蓉的手上。

宋蓉蓉嚇得花容失色，想把手機還給路揚，然而路揚卻給她一句「拿好別動」。

她整個人僵住了。

姜子牙翻了個白眼，沒好氣的說：「幹嘛不用你自己的手機？」

路揚無奈的說：「用我的可能沒用啊。」

「這倒是，你就是個沒東西敢惹的傢伙。」

林芝香看著僵硬的宋蓉蓉，覺得對方有點可憐，開口幫忙解圍。

「你是想看南瓜人的第二封信吧？但是在清微宮裡，信眞的傳得進來嗎？」

兩人恍然大悟，然後宋蓉蓉就被逼著拿手機走出宮廟，身旁只有林芝香陪她。

路揚說他靠得太近，信又要傳不過來了，姜子牙則說站遠點可以看清全局。

這都什麼跟什麼啊！黃博志在後面看著都覺得有些殘忍了，但他還是牢牢地站在廟裡，絕對不出去。

直到宋蓉蓉走離清微宮足有十公尺以上的距離，手機才傳來提示聲，她立刻死抓著林芝香，根本不敢看手機一眼。

林芝香接過手機，看了一眼，拉著宋蓉蓉走回去。

「有了。」她把手機遞給姜子牙後，就去安慰宋蓉蓉。

路揚和姜子牙兩人擠著看那台手機裡的南瓜人第二封信。

「你看到什麼了嗎？」路揚問。

「沒有。」姜子牙回應。

「什麼線索都沒有？居然連你都看不到嗎？有這麼厲害？」

「我的意思是什麼都沒有！根本沒有你說的信，我只看見信件欄，你在那邊點來點去，到底是在點什麼，我都看不懂！」

「喔，那這真的有點嚴重了。」

路揚看著這封在姜子牙眼中不存在的信，將南瓜人的故事內容重新打字在自己手機上，這時，南瓜腫臉的照片跳出來，他完全沒有被嚇到，反倒認眞打量半天，仍舊沒看出什麼。

姜子牙還是一副我什麼都沒看見的表情。

路揚問：「你們兩個有第一封信嗎？」

黃博志早把信刪掉了，但他乖乖點開匿名版，有其他人把信全文都貼在這裡。

路揚仔細比對兩封信的差異。

送給妹妹的東西從南瓜燈變成禮物，但最後都是說要交出糖或者被做成南瓜燈；明確指出是在暗巷被欺凌；還有吊死的地點從森林變成路燈下。

姜子牙湊上來看，提出假設：「霸凌許佑的人該不會其實是陳哲一，而不是他的同學？」

路揚點了點頭說：「我讓胡小隊長幫忙問問，或許同學也有霸凌他，但許佑自殺的主因可能是帳戶被拿去當詐騙帳戶，又被暴力威脅要配合。」

「你們到底是道士還是柯南啊？不能直接解決南瓜人嗎？」

雖然不能想像路揚當道士的模樣，但黃博志還是以爲接下來應該是要驅邪趕鬼，擺祭壇甚至讓他喝符水都行，爲什麼突然變成偵探劇了？

路揚解釋：「要我直接砍掉南瓜人也不是不行，但只要你們仍舊相信南瓜人的事，他很快就會再次出現了，眞正一勞永逸的方式是把眞相挖出來，讓南瓜人可以『瞑目』，警方也可以宣告結案，讓你們知道這事情正式落幕了。」

黃博志不解的問：「你的意思是只要有人還相信南瓜人，就會給他力量復活嗎？」

「呃，差不多就是那個意思吧，除了南瓜人針對的對象，你們這些無關的人越相信南瓜人的存在，受到的影響越大。」

黃博志似懂非懂，卻有點理解爲什麼買糖的李家偉出事，但他卻沒事，對方一直都比他更相信南瓜人這事，而且匿名版上一直都有人哀嚎明明都買糖了，卻還是看見南瓜人，或許正是因爲買糖的那些人本來就是比較相信的那一群。

林芝香好意的說：「黃博志你可以回家去了，這事和你無關，拜拜求神明保佑後，南瓜人就不會再找上你了。」

「眞的嗎？太好了！」黃博志高興得不行，他被南瓜人這事困擾好久了，知道不會被找上門以後，簡直如釋重負。

「那我呢？」宋蓉蓉激動的問：「南瓜人不能放過我嗎？我沒有欺負過他，

我也眞的知道錯了，再也不敢了！」

姜子牙想了想，說：「或許南瓜人沒有眞的想傷妳，其他人不是受傷就是身亡，但妳只是一直收到信。」

聞言，宋蓉蓉總算冷靜一點，隨後卻憤怒的說：「可是陳哲一也沒事，明明這一切都是他害的，他才是發起這一切的主謀，爲什麼他可以沒事！」

林芝香輕聲說：「他眞的沒事就不用躲起來了，他現在還沒事，或許只是因爲……萬聖節還沒到。」

陳哲一覺得自己要瘋了，三個同伴，一個失蹤，兩個進了醫院。

他到處都看見南瓜人。

在路燈下搖曳的南瓜人，那景象嚇得當時的他拔腿就跑，還狠狠摔了一跤，臉撞在凹凸不平的碎石地上，腫得老高，他痛到不行，整張臉像是被火燒。

他想叫救護車，手機剛拿起來，提示的叮咚聲就響個不停，刷了一整排的訊息。

糖，或者，南瓜燈？

糖，或者，南瓜燈？

糖，或者，南瓜燈？

叮咚聲還在響，陳哲一把手機丟到地上拼命踩爛，終於聽不到訊息了。

這時，有人騎車經過，他揮手想叫對方停下來，幫忙叫個救護車。

機車的速度剛慢下來，隨後又加速騎走，還傳來騎士的尖叫聲。

「是南瓜人！」

南瓜人？陳哲一立刻回頭看，果然在商店櫥窗中看見南瓜人，對方還張大嘴狀似嘶喊，扭曲恐怖的臉嚇得他拔腿就跑。

跌跌撞撞回到租屋處，陳哲一進浴室想照鏡子看看臉怎麼樣了，卻在浴室的鏡子裡看見南瓜人紅著眼瞪他。

他嚇得立刻跑出租屋處。

臉實在痛到不行，陳哲一想騎車去醫院，又在後照鏡看見南瓜人，對方一定是想趁他騎車的時候害死他！

他乾脆下車直接走去醫院，好不容易走到醫院，卻在自動門上看見南瓜人，自動門開了又關關了又開，南瓜人始終不肯走，那張恐怖的臉不斷裂開又併攏、裂開……

幾名護士看見他的慘狀，衝上來想幫忙，但陳哲一轉身逃走，沒有勇氣踏進有南瓜人的醫院。

醫院不能去，租屋處不敢回，每個轉彎處都可能突然看見南瓜人，每條路都有路燈，底下搖曳著瘦長的身影……

而且不管陳哲一走到哪，都可以聽見有人喊「南瓜人」，他簡直要瘋了，最後，他蹲在一座橋下，哪裡也不敢去，嘴裡喃喃：「萬聖節，一定是萬聖節的關係，這時候的南瓜人最強大，等萬聖節過去，南瓜人就不能出現了，我就會沒事，只要撐過萬聖節……」

又痛又餓之下，陳哲一硬扛到萬聖節，整個人都昏昏沉沉的，但當有腳步聲逼近的時候，他還是瞬間醒轉過來，寒毛直豎，看著地上瘦長的影子，以及大得像是南瓜的腦袋。

他嚇得渾身僵直。還是沒躲過去，他的腦袋要被摘下來做南瓜燈了嗎？

陰影處傳來幽幽的詢問聲：「糖，或者，南瓜燈？」

「不，不要過來，不要把我做成燈——」

陳哲一哭得像個孩子。

「許佑，是我對不起你，我和另一個人都喝醉了，不知道自己在幹什麼，我還以爲那個路燈不高，你可以踩到地，眞的動手把你吊上去的人是他，不是我啊，你要報仇去找他啊！放過我吧，我會給你燒很多很多紙錢。」

陳哲一拼命磕著頭，求原諒求不要把他做成南瓜燈。

「……」

來人拿下南瓜頭套，赫然是路揚，他抓了抓頭，咕噥：「這也太簡單了吧？我都還沒開始嚇唬呢，自己就先招供了？」

一旁，姜子牙、林芝香和宋蓉蓉從暗處走出來，宋蓉蓉震驚得一個字都說不出來，雖然她已經猜到許佑臉上的傷可能是陳哲一他們打的，但她完全沒想過許佑不是自殺，而是被陳哲一他們吊死的。

路揚回頭問：「全部拍下來了吧？」

姜子牙跟他比了個讚。

路揚看看趴在地上哭的陳哲一，突然想到他們一直沒拍到他的臉，這可能會有問題。

仗著力氣大，他把陳哲一從地上硬提起來。

「好了，你給我起來等著警察叔叔上門——喝啊！」

抓起陳哲一，路揚眞是狠狠嚇了一大跳，所有人都瞪大眼不敢置信，陳哲一的臉甚至比許佑那張被打腫的南瓜臉來得更恐怖，完全可以直接開拍恐怖片！

這是怎麼弄成這樣的？難道是南瓜人幹的？路揚十分不解。

可今天才是萬聖節，他們剛從遊民口中問到許哲一的下落，就趕著過來救人，順便訛人說出眞相，看看能不能讓許佑瞑目。

但這滿臉化膿的噁心傷口實在不像今天才搞出來的。

這得毀容了吧？路揚撇過臉，不想再傷眼，無奈道：「我看先叫救護車吧，他好像在發燒，難怪一副神智不清的樣子。」

這種情況下拍攝的影片，八成也不能當證據了。

救護車和警察抵達的時間差不多，被陳哲一那張臉嚇到的反應也差不多。

救護車走後，一名便衣警察走過來，驚魂未定的問：「他怎麼把自己搞成這副德性？」

路揚兩手一攤，說：「不知道，我們找到人就是這樣了，胡隊長，許佑的事有眉目了嗎？我們拍到的影片可能沒多大用處。」

胡立燦點頭說：「當初他的同學就極力否認許佑的傷是他們打的，只是他們確實有霸凌許佑，也打過他的臉，所以問訊的時候謊話連篇，害我浪費許多時間在他們身上。」

「監視器有拍到陳哲一兩人在差不多的時間進出許佑上吊的地段，偏偏上吊地方沒有監視器，但這兩嫌犯，一個自撞死了，這個又變成這樣，加上沒有關鍵畫面，謀殺能不能成立就難說了，但重傷害是跑不掉了，照片人證都有。」

聞言，路揚就不知道許佑會不會滿意重傷害這個罪名了，但陳哲一變成那副德性，或許他已經滿意了吧？

宋蓉蓉失魂落魄，不敢置信自己的前男友竟是個殺人犯，雖然口口聲聲不是他吊上去的，但一共就兩個人，他站在旁邊看是有好到哪裡去？

陳哲一也不是那種人云亦云的傢伙，他在這夥人裡面可是領頭的那種！

她很懷疑根本是陳哲一動嘴讓另一個人把許佑吊上去的，喝醉以後胡來的事，陳哲一做的可多了。

四人走在街道上，本是晚餐時間了，但看完陳哲一的臉，大家都沒有什麼胃口。

此時，滿街都是萬聖節裝飾，一整群孩子嘻嘻哈哈地走過去，其中不乏頂著南瓜頭的，其中有道瘦長身影也頂著南瓜頭，他沒有跟著孩子一起走，而是站在路燈下不動。

「終於來了嗎？」路揚一個揚眉，早有預料。

這時，在場人的手機同時響起提示聲。

糖，或者，南瓜燈？

親眼見到南瓜人，宋蓉蓉渾身發抖，但她突然有個念頭，這被殺的，有比殺人的那一個更可怕嗎？

「第二封信把南瓜燈換成禮物，你又瘋狂發信給宋蓉蓉，只有她一個人不斷收到這封信，除此之外，其實你沒有對她做任何事。」

路揚猜測：「所以我想，你根本沒有傷害她的意思，而是要……」

一旁，在林芝香的鼓勵之下，宋蓉蓉顫抖得走上前去，手裡慎重地捧著一隻粉色絨布小禮盒，盒裡有一條細細的金手鍊，手鍊中間還有一顆可愛的金質糖果。

「是這個吧？你要給妹妹的禮物，被陳哲一搶走，拿去送給宋蓉蓉了，可惜宋蓉蓉覺得這和她不搭，遺忘在抽屜裡了，你寄那麼多信跟她要『糖』，可惜還是沒能讓她聯想到這個東西。」

路揚高聲說：「糖，或者，南瓜燈，她選擇送還糖，請你原諒她。」

南瓜人沒有反應，卻也沒有上前傷害宋蓉蓉。

路揚繼續說：「陳哲一留下的證據不少，在醫院的那兩人也願意出來自首他們對你施加暴力和脅迫，我認識的警察也保證會把你身上的詐騙案查清楚，證明你是純粹的受害者。」

南瓜人仍舊站在原地沒有反應。

這時，姜子牙突然走向南瓜人，路揚來不及阻止，只得跟上去，無奈這名同伴面對妖魔鬼怪的時候，永遠都是這麼魯莽，屢勸不聽。

在南瓜人面前站定位，姜子牙竟伸手將他的南瓜腫臉摘下來扔到地上，再一看，那竟真的就是一顆南瓜，只是放太久，腐爛得有點噁心了。

摘掉南瓜後，就剩下一個十七、八歲的普通男生靜靜站在那裡，臉上沒有傷痕，眉宇間仍有些稚氣，這抹稚氣卻永遠脫不掉了。

見狀，宋蓉蓉再也不害怕了，她哭得不能自己，拼命鞠躬說「對不起」。

「好痛，臉好痛。」

男生開口說話，不斷重複喊疼，他一直在述說自己的疼痛，只是腐爛的南瓜套在頭上，讓他的聲音傳不出來。

林芝香面露憐憫，對著自己的食指念了幾句，隨後在許佑的臉上一點，說：「不痛了，許佑的臉已經治好，再也不會痛了。」

許佑喊疼的聲音停止了，他朝宋蓉蓉伸出手，後者立刻明白了，連忙擦擦眼淚，遞上粉色禮盒。

只是她的手鬆開後，粉色絨布盒子直接掉落在地上，再也沒有稚氣男生的身影。

某國民小學的校門口。

在林芝香的陪伴之下，宋蓉蓉走到一對母女身前，她拿出粉色絨布小禮盒，由林芝香編著謊言說她們是金飾店的人，許佑訂了一條金手鍊卻遲遲沒來取，她們看見新聞報導，所以才找過來……

母女聽得一愣一愣的，但盒子裡眞的有許佑親筆寫的生日快樂卡片，她們不再去想其中的合理性，只顧著看那張卡片，果然是許佑的字跡。

小女生迫不及待戴上那條手鍊，先是開心的摸摸手鍊，摸著摸著卻嘴一癟，開始大哭，惹得母親也是頻頻拭淚。

「哥哥！我好想你，哥——」

不遠處……

「說到底，南瓜人根本沒做什麼事，他就是站在那裡罷了，這些人一個個自己嚇得摔車摔樓梯，唯一摔死的死者還是酒駕加超速！」

姜子牙打抱不平的說：「那根本就是自己找死嘛！許佑眞是無辜。」

路揚無奈的說：「也不是那麼無辜吧，他明顯就是故意找機會站在那裡嚇人。」

「他的報仇只是嚇嚇人，這都不行嗎？」

「行，你說的都行，先去吃飯行不行？我餓死了。」

「林芝香她們還在那邊，不管她們嗎？」

「哭成那樣，我看她們是不會想在外面吃飯了。」

「說得也是，那我們就先走吧。」

兩人邊走邊聊要吃點什麼，一群路過的國中生面帶恐懼和興奮，互相分享圖片給旁邊的同學看。

「你知道瘦長人嗎？」

兩人停下腳步，相視一眼，頭疼的扶著額，這些說也說不完的都市傳說喔……

第五篇

我是恐怖作家兼夜班保全

路邊攤

1.

眾所周知，在這個時代要光靠創作吃飯是很不容易的，許多作家都有另一份正職工作，藉以支持寫作的夢想。

至於我，除了恐怖小說家這個身分之外，我還有另一個大夜保全的工作，相信這已經是公開的消息了。

一聽到我的工作，許多人的第一個反應就是問我上班時有沒有遇過靈異事件，或是值夜班會不會害怕等等問題。

害怕倒是不會，我目前服務過的社區都是屋齡不超過五年的新屋豪宅，不像有些年久失修的舊社區，外表總是散發著一股陰森的氣息，光是住進去就需要極大的勇氣。

但豪宅就不會發生詭異事件嗎？

當然不是這樣，一個地方只要有住人，就一定有各種故事。

我現在上班的社區，地點坐落於偏郊區的地段，由A、B、C三棟主要建築組成，公設集中在一樓，而且種類相當豐富，咖啡吧檯、健身房、游泳池、籃球場、電影院等一應俱全。

從規格上來看，這裡的確可以算是頂級豪宅，但由於地段的關係，讓這裡的房價比起市區要便宜不少，所以有不少小家庭選擇濃縮預算、捨棄便利的市區生活，買下這裡的房子作爲一生守護的目標。

這天晚上七點，我剛把機車停在社區外面，就看到有許多人擠在社區大廳裡，其中有一半以上都是小朋友。

靠近一看後，我發現那些小朋友身上都有著各種不同的裝扮，我才突然想起今天晚上是社區的萬聖節活動，會由社區經理跟秘書帶隊，讓住戶的孩子到附近的社區去要糖果。

當然，附近的幾個社區也是由我們公司管理的，那些社區的保全同仁們想必已經準備好一籮筐的糖果準備迎接這些小惡魔到訪了。

陪同的家長站在人群中幫自己的孩子做最後的打扮，難得一年一次的萬聖節變裝，他們都想讓自己的孩子看起來是最突出的。

這個世代的年輕父母不管是創造力或行動力都相當驚人，以萬聖節變裝來說，以前的父母可能是直接買一套現成的服裝給小朋友穿，但現代的年輕父母卻會用自己的雙手幫孩子量身打造出一套最完美的服裝。

來到櫃檯後，我一邊跟早班的保全進行交接，一邊觀察每一戶孩子的裝扮，既然是萬聖節，那麼主題一定是以幽靈鬼怪爲主。

只見有小女孩穿上洋裝、畫上煙燻妝變身成安娜貝爾，有小男孩的臉被整個塗白，化身成恐怖電影《牠》中的恐怖小丑，也有父母幫孩子塗上真假難辨的潰爛傷口，變身成經典款的喪屍。

在隊伍最前面的則是社區的經理跟秘書，他們兩位正在耐心安撫小朋友們的亢奮情緒，讓他們排好隊形才能出發，爲了這場活動，原本六點就可以下班的他們，看來勢必要加班到八點才能離開社區了。

「好囉，我們準備要出發了，等一下大家要跟著經理叔叔的手電筒走，聽到了嗎？」費了一番功夫後，經理終於讓這些小惡魔排好隊伍，手上拿著手電筒將隊伍引導到社區外面去了。

獨自留在櫃檯的我也沒閒著，因爲七點剛上班正是最忙的時候，外送通常都集中在這一兩個小時，多數住戶也會在這時候回家順便到櫃檯來領取快遞，再加上公設使用及各種雜事，事務的繁忙並不下於便利商店，直到趙哥七點半來上班之後，忙碌的情況才得以紓解。

趙哥是跟我搭擋的另一位夜班保全，比我晚半小時上班，也比我晚半小時下班，因爲他在早上必須去車道口進行交通指揮，所以才有這樣不一致的上下班時間。

趙哥今年四十七歲，是個在軍中待滿二十年、已經享有終身俸的前職業軍人，會來當保全似乎只是不想讓自己閒下來。趙哥已經在這個社區待了一年多，是這裡最資深的保全，我只來了半年，就連經理跟秘書也是在最近這幾個月才新派過來的。

換句話說，沒有人比趙哥更熟悉社區的大小事以及每位住戶的居住情況，我值班時若遇到無法解答的住戶難題也是請趙哥幫我解決，他可以說是讓社區維持正常運作的關鍵人物。

八點時，出去要糖果的隊伍終於回來了，所有人湧入大廳，心情還處於亢奮狀態的小朋友們互相交換籃子裡的糖果，嘰嘰喳喳吵個不停，把封閉的大廳鬧得跟菜市場一樣。

經理跟秘書此刻還在外面招呼其他家長，經理在門外朝我喊道：「阿攤！你可以幫我算一下小朋友的人頭嗎？看一下都回來了沒有？」

「喔！」

我站在櫃檯後面用手指一一點著小小的人頭，開始數起來，一、二、三、四……二十一、二十二、二十三。

剛點完最後一個人，外面有家長又牽著一個小朋友進來，我把他加了進去，對經理問道：「是二十四個人，對嗎？」

「咦？」經理歪了一下頭，把外面交給秘書後，進入大廳走到我身邊：「你沒有算錯吧？出發的時候只有二十三個小朋友耶。」

「可是我剛剛算……不管了，再點一次吧。」

這次我跟經理一起清點人頭，一、二、三、四、五……我們兩個最後的數字都停留在了二十三。

「是二十三個人沒錯呀，阿攤你別嚇我啦！」經理做出虛驚一場的表情，他好像以為自己把其他社區的小朋友也帶回來了。

「那我剛剛是點錯了嗎……」我看著排列在櫃檯前的這些小傢伙，每個人的頭上都戴著各種裝飾，花花綠綠的，一時眼花算錯也是有可能的。

確認人數沒問題後，小朋友們各自由家長帶回去，大廳好不容易恢復了清靜，經理跟秘書簡單收拾東西後也從社區下班了。

接下來社區發生的所有事情，就要由我們夜班保全全權處理了。

而在清點人數時，二十三跟二十四之間缺少的這一個數，正是今天晚上風波的開端。

晚上七點到十點是住戶較頻繁出入的時段，十點過後，多數住戶都已回到家裡，我跟趙哥可以稍微輕鬆一下，各自做自己的事情。

趙哥有時會帶書來看，或是戴上藍芽耳機用手機追歷史劇，我則是會把筆記型電腦拿出來，在櫃檯後面的空間寫自己的恐怖小說，只要不睡覺、不大聲看電影或玩遊戲，住戶都不會有什麼意見。

除了幾位固定夜歸的住戶需要服務外，這個時間就不會再有什麼事了。

只不過……偶爾還是會有突發事件來擾亂我們清靜的夜晚時光。

這一晚，在約莫十一點時，我旁邊的電話響了起來，這是連接至每位住戶家裡的對講系統，有點類似飯店裡的內線電話，只要一接通，螢幕上就會顯示是哪一戶打下來的。

我一聽到鈴聲，右手已經在零點五秒內接起話筒，招呼道：「管理室你好，很高興爲您服務。」

通常在這個時間點打下來的電話都沒有什麼好事，果然，打來的是住在A棟七樓的一位先生，他一開口就抱怨：「我這裡從剛剛開始就聽到有小孩子在跑來跑去的聲音，現在還在跑，可以請你查一下是哪一家的小孩子在跑，幫忙勸導一下嗎？」

「好的，我馬上去處理。」

我放下話筒，站起身來把對講機掛在腰帶上，對趙哥說：「趙哥，櫃檯給你看一下，A棟出現噪音狀況，我上去檢查一下。」

趙哥手上捧著一本厚重的武俠小說，對我點了一下頭：「喔。」

在半夜若是遇到這種噪音的情況，我們保全有一套SOP流程，那就是先上樓去聽，若是能辨認出噪音是從哪戶發出來的，那就直接按電鈴勸導，若無法找到聲源，那只能先記錄在勤務本上，並註記「待查」。

在我從事保全多年的經歷中，噪音是晚上最常發生的突發狀況，不過多數都無法找到凶手，因爲有些聲音往往在我們上樓檢查時就停了，或者噪音根本只是牆內水管線路的聲音罷了。

而這次也跟往常一樣，我上到七樓時，整個樓層只能聽到住戶門後隱約傳來的電視聲跟交談聲，根本沒有什麼小孩子跑來跑去的聲音。

我站在七樓梯廳多聽了幾分鐘，確定噪音已經消失，就在我要進電梯下樓時，其中一位住戶的門打開了，正是剛才打電話下樓的那位先生。

「啊，吳先生，晚安啊。」我說。

吳先生看了我一眼，然後又環視了整個梯廳跟天花板，像是要用眼神把剛才的噪音揪出來似的。

「你上來的時候有聽到聲音嗎？」吳先生問。

我實話實說：「沒有聽到耶，我還特地多觀察了幾分鐘，都沒有類似的聲音，剛剛在跑的小孩子可能已經睡了吧。」

「是嗎？只是我覺得那個聲音很不尋常，」吳先生皺著眉頭，說：「我樓上那一戶就有小孩子，所以我常常會聽到他們家的小孩在跑的聲音，但音量我是可以接受的，但是剛剛的聲音卻很近，好像直接在我家門口前面跑來跑去的樣子，你能理解嗎？」

「欸？」我馬上在腦中調出這層樓的住戶資料，一層樓共有四戶，這層樓中有一戶是空屋，一戶是住年邁的老夫婦，另外兩戶都是住像吳先生這樣的單身男子，照理說不可能會有小孩出現。

「聲音可能是從別層樓傳過來的，如果還有聽到的話，請再通知我，我再上來處理。」

我給了吳先生標準的回答，然後準備要下樓的時候，趙哥的聲音從對講機裡傳出來：「阿攤，你現在在A棟七樓，對不對？」

「對呀，怎麼了？」

「剛剛八樓跟九樓都打下來，說有聽到小孩子在跑動的聲音，你可以順便上去看一下嗎？」

「又有？我在七樓完全沒聽到呀。」

有些住戶的耳朵眞的很奇怪，常常會聽到一些常人無法聽到的聲音，有時樓上明明沒住人，還是有住戶會反應樓上腳步聲太吵。

但現在既然有這麼多住戶反應，那是一定要上樓處理的。

只是我到樓上後，一樣根本沒有任何聲音，其中一個九樓住戶的臉還特別臭，因爲他不只被小孩的腳步聲吵到，他們家的電鈴甚至還被按了。

「到底是哪家的小孩在惡作劇呀？我今天晚上明明沒有訪客，竟然會有人來按我的電鈴，而且門口的貓眼也沒看到人，一定是按完後馬上就跑掉了，管理中心那邊抓得到人嗎？」

我解釋說：「因爲住戶隱私的關係，除了電梯之外，我們在樓層間並沒有監視器，如果眞的是惡作劇的話，那可能是從逃生梯跑掉的，要抓到人是有難度的……」

「這種惡作劇眞的很惡劣，你們也要想辦法管一下呀！」

「這點我會再回報經理，今天晚上我們也會多加注意……」

原本寧靜的夜晚，因爲眾多住戶的抱怨而變得風雨交加，A棟十樓、十一樓、十二樓的住戶也開始反應類似的情況，除了聽到小孩的腳步聲之外，還有好幾戶的電鈴都莫名其妙被按了。

爲了追緝凶手，我特地走逃生梯從頂樓巡到一樓，確定逃生梯沒有躲人之後，我才終於回到櫃檯休息，這時已經耗掉一個小時的時間，將近午夜十二點了。

「奇怪，之前就沒有發生過這種事情，到底是哪戶的死小鬼在惡作劇呀？」我從冰箱裡取出外送來的飲料，坐到椅子上大喝特喝。

「你先休息一下吧，等一下住戶還有反應的話，再換我去處理。」趙哥站起來看了一下手錶，開始把對講機跟巡邏用的裝備掛在身上。

每天晚上十二點是表定的巡邏時間，由於櫃檯的主要業務都是我在處理，所以巡邏的工作固定由趙哥負責。

這次換趙哥離開櫃檯出發去巡邏，我則是怨氣難耐地把剛才發生的事情記錄在勤務本上。

花了一段時間把惡作劇的事情記錄完成後，像是要把這股怨氣隨著文字的書寫一起發洩掉般，我大大吐出一口氣，然後看向監視器畫面。

這個社區在深夜十二點後，除了巡邏的趙哥之外，幾乎已經沒有人會走動，所以只要有人出現，在監視器裡就會非常明顯。

就是這一眼，讓我看到了一幕不尋常的畫面。

A棟的電梯畫面中，有一個小小的身影蜷縮在角落，看她身上穿的小洋裝跟長髮造型，應該是個七、八歲的小女孩，她坐在角落彎曲著雙腿，雙手環抱把頭埋在膝蓋之間，看起來像受了委屈、正在哭泣的樣子。

我這時還沒聯想到剛才的惡作劇事件，只以為這女孩是因為被家人罵了，所以才躲到電梯裡哭的。

我點下滑鼠，把A棟電梯的畫面放到最大，電梯門在同時打開，趙哥走進來了。

趙哥在這個時間點應該是剛巡完頂樓，準備要去地下室巡停車場，趙哥疼愛小孩子的個性在社區裡是出名的，半夜看到一個小女孩孤單無依地坐在電梯裡，他一定會主動關心並把小女孩送回家裡。

但我眼前看到的卻跟我預想的完全不同，趙哥像是沒看到小女孩似的，轉身按下地下一樓的按鈕，輕輕擺動著雙手，等待電梯下樓。

怎麼回事？爲何趙哥對小女孩完全不聞不問？

我打開對講機，呼叫道：「那個，趙哥……」

聽到我的呼叫聲，畫面上的趙哥似乎有些錯愕，他拿起腰上的對講機回道：

「收到了，請說。」

「你……」我光說完這個字，接著就說不下去了。

因爲我又看到了更無法理解的一幕，只見那女孩從電梯角落站起來，走到趙哥旁邊伸手拉著他的褲管，同時抬起頭用一雙烏黑的大眼睛盯著趙哥看，就像要找人陪她玩耍、陪她說話似的。

當女孩的臉孔全貌出現在畫面上時，我腦袋裡的某一塊東西突然被電到了，我曾經看過這女孩的臉，而且是不久之前剛看過的……

就算女孩的動作已經這麼明顯了，但趙哥卻仍無動於衷，只是站在那裡等待我的指示。

「阿攤請說，怎麼了？」見我沒有繼續說話，趙哥便主動發問。

「沒……沒有，沒事了，你回來之後再跟你說。」我只能先這麼說。

趙哥難道你都沒有看到那個小女孩嗎？

這個問題我沒有問出來，因爲我已經想起來，是在哪裡看過這個小女孩了。

電梯抵達地下室後，小女孩跟在趙哥身後，兩人一起走出電梯，但是等趙哥再次出現在停車場監視器的畫面時，女孩已經不見了。

她現在又躲到哪去了？

不，比起這個，有另一件事是我必須要趕快確認的……

我打開調閱影片存檔的介面，點出了昨天晚上八點，住戶的小孩們要完糖果後回到社區大廳集合的片段。

畫面中，我站在櫃檯後面正在清點著人數。

然後我看到了，剛剛出現在電梯裡的那個小女孩，就跟他們站在一起。

但她的身影在下一格畫面很快就被其他小孩蓋過去，彷彿她只是個不存在的幻影，但我確實看到她了，混在人群中多出來的那第二十四個人，就是她。

整個社區的巡邏工作大約需要二十分鐘，趙哥也在差不多的時間回到櫃檯，我當下的臉色一定很難看，趙哥還沒把巡邏的裝備卸下來，就先問我：「你的表情不太對喔，剛剛有什麼事情要跟我說？」

「這個……」我實在不知道該如何解釋，決定直接讓趙哥看影片再說。

我把小孩們在大廳集合、以及剛才在電梯裡的畫面放給趙哥看，影片播放時，我同時觀察著趙哥的反應，但趙哥的表情一直沒有起伏，彷彿監視器拍到的不是他，而是另一個人。

「趙哥，你剛剛真的都沒有發現她在電梯裡嗎？」我問。

「可以把那個女孩的臉放大一點嗎？」趙哥對著螢幕比劃：「我想把她的臉看清楚一點。」

我暫停影片，操作滑鼠把影片的特定區域放大，讓女孩的臉填滿整個螢幕。

這時候，趙哥的表情總算有了變化，但那並不是震驚或是害怕的表情，而是一種帶著懷念及恩愛的不捨表情。

趙哥坐下來，眼神持續停留在螢幕上，說道：「我認得她。」

「真的？」趙哥的回答讓我嚇到了：「那……她是……」

「她是住戶的小孩，她父母住在C棟七樓，是一對很年輕的夫妻。」趙哥說：「這個妹妹很可愛、也很活潑，常常會跑來櫃檯找我，跟我聊她在學校裡發生的事情，或是跟我分享糖果……」

「咦？但是我怎麼沒見過她？」

「你當然沒見過，因爲她在一年前就去世了，當時你、經理跟秘書都還沒到這個社區。」趙哥閉上眼睛，回憶著一年多前的某段記憶，然後說：「一年多前，他們一家人在附近的路口發生車禍，夫妻倆只受到輕傷，但妹妹卻去世了……這件事發生後，那對夫妻仍住在這個社區，但可能是怕觸景傷情，他們之後出門的時候，再也沒有走過車禍的那個方向。」

原來如此，難怪女孩在電梯裡看到趙哥後，會像看到熟人那樣不停拉著他的褲管。

「車禍的原因是什麼？」我又問。

「那對夫妻說是有人飆車，害開車的先生受到驚嚇而自撞，但飆車的罪魁禍首卻一直沒有被抓到。」趙哥張開眼睛嘆了一口氣，說：「沒想到過了一年多，妹妹竟然出現在社區裡，這到底是怎麼回事……」

「我可能知道是怎麼回事喔……」一聽到趙哥提起一年前的往事，我身爲恐怖小說家的腦袋已經自動運轉，將今天晚上發生的每件事情串在一起：「我想，那位妹妹死後應該就一直留在那裡，她也想回到以前的家，找到爸爸媽媽，卻沒有人可以幫她，因爲爸爸媽媽再也不會經過那邊了……直到今天晚上，她看到一群鬼怪打扮的小孩，她以爲他們跟她都是同類，所以就誤打誤撞地跟著隊伍一起回來了。

「相信妹妹看到這裡就是自己家之後也很開心吧，但她只記得自己住在七樓，卻忘記住哪一棟了，所以她從A棟七樓往上找，A棟住戶聽到的那些惡作劇聲音，應該就是妹妹在找爸爸媽媽的聲音，但是她不管怎麼找都找不到，最後只好躲進電梯，然後遇到了她唯一認識的人……也就是趙哥你。」

雖然這只是透過目前的線索拼湊而成的假設，但我想應該八九不離十了。

「所以她抓著我的褲管，是在請我幫忙嗎？」趙哥用溫柔的眼神看著螢幕上的小女孩：「她想要我做什麼？」

「或許她想要的，就只是回家吧，她的父母還住在社區裡不是嗎？那麼……或許我們可以幫忙引導她，讓她回到父母身邊。」我切換螢幕，換回了地下停車場的即時畫面，說：「但現在有個問題，我們不知道那女孩跑去哪裡了，只知道她可能跟著你去了地下室停車場……」

「沒關係，我知道她躲在哪裡。」趙哥說：「以前我看她跟爸媽一起下去坐車的時候，她都會搶先跑出電梯，躲在一根柱子後面，等著嚇後面才來的爸爸跟媽媽，我有時也被她這樣嚇過。」

「既然這樣就要麻煩趙哥你了。」我說：「她現在唯一認識的人只有你，如果要幫她的話，你必須讓她從藏身處走出來，然後帶她去坐C棟的電梯，讓她回到自己的家門口，如此一來，等她的父母早上開門的時候，她就可以回到家人身邊了。」

「唔嗯……」趙哥想了一下後便站起身來，「如果事情眞的是你說的那樣，那我很樂意幫這位妹妹回家。」

趙哥做出決定之後，我們決定不要浪費時間，直接幫這位女孩回家，由趙哥下去停車場引導她，我則留在櫃檯，透過監視器畫面觀察一切。

趙哥下去停車場後，我從監視器上看著他走到一根柱子前方，然後蹲下來開始對柱子後面說話。

我大概能猜到趙哥在說什麼，因爲我們簡單彩排過，我請他說一些類似的安撫語句：

「妹妹，我是趙叔叔，妳還記得我，對不對？」

「在電梯裡我看不到妳，對不起，但是我知道妳想要回家找爸爸媽媽。」

「如果妳在這裡的話，等一下請妳跟我走，我會帶妳回家，好嗎？」

全部說完後，趙哥站起來開始往C棟的電梯走，而我在監視器畫面上也看到了一個小小的身影跟在趙哥後面一起走著。

我按一下對講機，簡單傳了一個訊號給趙哥，這是計畫順利進行的暗號。

趙哥跟小女孩一起走進了電梯，電梯上樓時，女孩全程都緊緊抓著趙哥的褲管，她臉上帶著緊張又開心的微笑，因爲她就要回家了。

電梯抵達七樓，門打開，趙哥跟女孩一起走了出去，等趙哥回到電梯裡時，就只剩他一個人了。

而那女孩，應該已經留在自己的家門，等早上上班時間一到，她的爸爸媽媽就會開門，雖然他們看不到，但他們的女兒確實回家了。

「趙哥，看來成功了，我在監視器裡沒看到她了。」我透過對講機說。

「那太好了。」趙哥抬起頭看向監視器，給了我一個如父親般的笑容。

早上六點半，趙哥穿上反光背心、帶上交管棒，準備去車道進行交管工作，在離開前，他還念念不忘那名小女孩，吩咐我說：「那對父母出門去上班的時候，你看那個妹妹有沒有回到他們身邊，再跟我說喔！」

我答應了趙哥，然後專心注意著每位住戶上班的情況，在我印象中，那對夫妻差不多會在接近七點的時候出門上班。

到時，那小女孩已經跟爸媽團聚，會一起搭電梯下來吧？

我滿心這樣期盼著，並因爲自己做了一件好事而開心著。

當我終於在電梯監視器中看到那名女孩時，只有她一個人。

「欸？」我訝異地盯著監視器，趙哥不是已經把她送回家門口了嗎？爲什麼只有她一個人下來，她爸媽呢？

女孩在電梯中對著鏡頭揮手，臉上同時露出笑容。

但她這次臉上泛出的笑意，跟趙哥帶她回家時所露出的不同，那是一種不該出現在小女孩臉上的笑意，過度彎曲的嘴角、扭曲的表情及充滿恨意的眼神，女孩似乎想透過監視器傳達另一種訊息給我。

那就是我們一開始全都搞錯了她的來意。

突然間，我想起了那起害女孩身亡的車禍，趙哥是這樣說的：「那對夫妻說是有人飆車，害開車的先生受到驚嚇而自撞，但飆車的罪魁禍首卻一直沒有被抓到……」

難道說，事實不是這樣嗎？

女孩彷彿能看穿我的心意般，對著鏡頭點了一下頭，然後她伸出手，指著上方。

上面？樓上？

我還沒看懂女孩的動作，突然啪啪兩聲巨響從大廳外面傳來。

那聽起來像是沾滿水的抹布被用力丟到地上的聲音，只是聲音要再大上好幾倍。

不需要出去確認，趙哥在對講機中已經告訴我是什麼東西掉下來了。

「阿攤！你從監視器中有看到嗎？車道旁邊這裡有住戶墜樓！是……是……是那對夫妻……」趙哥的聲音一開始還非常有力，但等認出墜樓的人是誰後，他顯然也嚇傻了。

爲什麼？事情怎麼會演變成這樣？

「我死掉的時候，他們那個時候在吵架。」小女孩的聲音從前面傳來。

我抬起頭，看到她就站在櫃檯前面。

「就連他們早上開門看到我的時候，也是在吵架。」

女孩的臉上恢復了小孩該有的笑容，但她接著對我說的下一句話，卻讓我再也無法把她視為孩子了。

「謝謝叔叔，讓我回來帶走他們。」

前面說過，一個地方只要有住人，就一定有各種故事。

但有時候，發生的故事卻跟我們想像的不一樣……

2.

看完前一篇故事後，多數人一定會問我：「還有更恐怖的故事嗎？」

當然是有的，只是我目前還無法說出來，畢竟有些社區依然存在著，有許多人還住在那邊，他們甚至知道我是誰，所以有些故事不能隨便亂寫出來。

不過以下這個故事就例外了……發生這件事的社區，在我開始著手寫上一篇故事的時候，正式被拆除了。

說起那個社區被拆除的原因，其實沒什麼大不了的，只是因爲政府要開通道路而強制徵收社區建物，住戶們也都領到補償金，各自找到新家了。

我去到那個社區時，已經是好幾年前，我剛進入保全這一行的事情了。

記得我在上篇故事裡說，我目前服務的社區都是屋齡不超過五年的新屋嗎？

好吧，那其實不是實話。

有一次，只有那麼一次，我被派到了一棟屋齡三十年以上的舊社區擔任夜班保全。

跟上一篇故事不同，那個舊社區是單哨，也就是說晚上後就只剩我一個人在櫃檯值班。

公司說我只是先來這裡待一段時間，之後會再把我調去新的社區，當時的我還沒有太多經驗，不知道新舊社區的差別在哪裡，親眼見識過後才知道，舊社區不只水電設施有許多問題，連包裹郵件都很混亂。

舊社區尚未引進電腦ＡＰＰ系統，登記掛號、包裹等都需要用手寫的方式，偏偏這裡的戶數有四百多戶，人又多又雜，有些長久以來沒人領取的包裹根本不知道登記在哪裡，又或是明明有登記的包裹卻找半天找不到，讓住戶領包裹像是在難民營領物資一樣，混亂又沒有秩序。

而這似乎是這社區三十年來的老問題了，不只經理跟資深的日班保全大哥見慣不慣，連住戶們也都習慣了。

有時當我在包裹堆中翻找時，住戶們倒是不慌不忙地站在旁邊說：「沒關係，你慢慢找，找不到我明天可以再下來拿。」

看來在這個地方，可以迅速找到包裹並交給住戶，反而是一件難得的奇蹟。

社區問題雖然多，不過這裡的住戶個性都很友善，真是不幸中的大幸。

只不過，還是有一個住戶特別麻煩。

怎麼個麻煩法？我把第一次在晚上接到她電話的情形描述出來，相信大家就能瞭解了。

那時我剛到這個社區三天，對社區的各項事務已經慢慢上手，這裡的住戶都很準時睡覺，深夜幾乎不會有人出入，這時我就會拿出電腦，開始寫我的恐怖小說。

就在我剛打開Word檔的時候，櫃檯的對講機響了起來。

我馬上接起電話：「一樓管理室，你好。」

我還沒做好準備，對講機那端就傳來恐怖的女子嘶吼聲：「你！可不可以上來看一下！很吵耶！真的很吵！」

巨大的音量跟宛如指甲刮過黑板的聲調，讓我把話筒拿得離耳朵遠遠的，等確定對方比較安靜一點之後，我才把話筒移回來，問：「小姐，請問有什麼問題嗎？」

「這邊眞的很吵！可不可以叫他們安靜一點！很吵！你上來聽！」

女子持續嘶吼，我再次把話筒拿遠，不敢再放到耳邊了。

「好的，我馬上上去聽聽看。」我隔著一段距離對話筒說道，然後掛斷了電話。

我瞄了一下打下來的戶別，是C棟八樓的一位住戶。

上一篇故事中也有提到，我們保全對於社區噪音有一套標準SOP流程，那就是先上樓去聽，若是能辨認出噪音是從哪戶發出來的，那就直接按電鈴勸導，若無法找到聲源，那只能先記錄在勤務本上，並註記「待查」。

我當下按照SOP的流程，上樓聽聽看再說。

這個社區的結構就是典型的大型社區，從大門口進來後就是櫃檯，再進去後會來到一個宛如迷宮的中庭花園，A、B、C、D四棟建物的電梯入口就藏在迷宮的四個角落，一開始巡邏的時候，我也是走了好幾圈才把每一棟電梯的位置記下來。

找到C棟電梯的入口後，我走進電梯裡按下八樓的按鈕。

這個社區的電梯都有一種壞毛病，那就是異音跟搖晃的感覺特別明顯，我真的很佩服這裡的住戶敢每天坐這種電梯上下班，因爲這些電梯給我的感覺就是哪天突然故障了也不意外。

坐上八樓後，整個樓層的音量格外安靜，住戶們在這個時間本來就都已經睡著了，安靜是正常的。

不過，卻有那麼一戶不寧靜。

走道上傳來有人悄悄打開門縫的聲音，正是打電話下來的那一戶。

「你上來了喔！」將身體藏在門後的女子對著我喊叫：「你過來聽啊！聽聽看是不是很吵！可以幫忙叫他們小聲一點嗎？」

女子的聲音打破了樓層的寧靜，整個社區應該都能聽到她在亂叫的聲音，不過大家好像都習慣了一樣，左鄰右舍並沒有人出來抗議。

我在上樓前有先簡單翻了一下這一戶的住戶資料，資料上只留有一個人的資料，是名姓邱的年輕女子，年紀只比我大兩歲，看來是獨自一個人居住。

「邱小姐，請問有什麼問題嗎？」我走到門口前面，透過門縫跟她交談。

「你沒有聽到嗎？很吵耶！」邱小姐在門後用接近怒吼的聲音對我喊道：「請他們安靜一點！可不可以！」

但問題是，我現在沒有聽到任何聲音呀？

「邱小姐，可以請問是什麼聲音嗎？我什麼都沒聽到耶。」

「你們同事的聲音！你叫他們小聲一點啦！」

邱小姐將臉湊近門縫，我勉強可以看見她的臉孔輪廓，是張清秀的瓜子臉，要不是她的髮型跟女鬼一樣亂，可以稱得上是位美女。

「同事？」我完全被搞糊塗了，前面有提過，這個社區是單哨，所以晚上除了我之外，就沒有其他保全了。

「邱小姐，現在只有我一個人，其他同事都下班了喔。」我試著解釋。

「他們明明講話就很吵！你們那個在七樓的管理室眞的很吵，他們都一直在講話，你下去叫他們不要吵！」

「啊？」

我接下繼續試著跟邱小姐溝通，但一直沒有進展，就算我再怎麼努力解釋，邱小姐還是鬼打牆繼續說著那幾句話。

「你同事一直在樓下的管理室講話！」

「眞的很吵！他們一直在煩我！」

「下去叫他們安靜一點！」

因爲怎麼吵也吵不贏她，我只好說：「好，我現在就下去請他們安靜一點，請妳等一下喔。」

然後我還眞的坐電梯到七樓去看了一下，當然半點聲音也沒有。

我回到櫃檯後也不知道該怎麼辦才好，只能把這件事如實記錄下來，看日班的保全大哥怎麼處置。

早上日班大哥來了之後，邱小姐的事情總算得到了解答。

日班大哥說，邱小姐的精神狀況有些問題，住她那層樓的住戶也都知道這件事，所以不會刻意去吵她。

聽說邱小姐之前也是正常人，但是在出了一些事情後就變那樣了，至於是什麼事情，日班大哥說他也不清楚，那已經是他調來這裡之前的事了。

日班大哥還知道那間房子是邱小姐的父母買給她住的，只有住邱小姐一個人，她經常足不出戶，父母偶爾會帶食物跟物資回來看她，而那些食物就是在父母下次來之前的所有存糧，實在無法想像邱小姐究竟在屋裡過著怎樣的生活。

「我有一次曾經跟她打過照面，」日班大哥說：「那天她打電話下來，說什麼有人頭掉在她家門口，要我去撿，我當然上去啦，結果上去後看到她把門打開，全身都沒穿衣服，我嚇到馬上躲回電梯裡面，雖然說她的身材是不錯啦，只要好好打扮一下一定很漂亮……但是她精神不正常呀！誰知道她到底叫我上去做什麼？」

日班大哥說，邱小姐打電話下來的要求，多數都是一些不切實際的問題。

在她的眼中，社區似乎是另一個恐怖的世界。

在她的認知裡，七樓存在著另一個管理室，裡面的保全喜歡在半夜大聲講話，吵她睡覺。

九樓有個抱著頭走來走去的人，喜歡到她家門口用保齡球的方式把頭滾向她家的門。

十樓住著滿臉烏黑的一家人，這家人會向彼此捅刀，把對方的鮮血塗上自己的臉。

還有一個倒立的小女孩會從十一樓爬到八樓的窗戶外面，敲打著邱小姐家的窗戶，說要進去玩。

「總之她打下來講的事情都很奇怪啦，你之後再遇到喔，就敷衍她一下，說有去處理就好了，不然我們眞的無計可施啦。」

日班大哥最後下了這番總結，看來他已經對邱小姐的情況免疫了。

經過日班大哥的開導後，我也決定用同樣的方法來應付邱小姐。

邱小姐的電話大概每三天會打下來一次，反應的內容就是日班大哥所說的那些，全是些天馬行空的幻想。

在這個社區待久後，我也都知道該如何應對了，不過我還是有件事很想知道答案。

那就是一個原本正常的女孩子，究竟怎麼會變成這樣的呢？

某天的深夜裡，我無意間知道了答案。

那天晚上，我又接到了邱小姐打下來的電話。

「那家人又來了！你監視器裡沒看到嗎？他們在我家門口互相刺來刺去啊！小孩子流了好多血，你快點上來！」這是邱小姐在電話中所說的內容。

看來她這次看到的，就是十樓那戶滿臉全黑的一家人了。

「好，邱小姐，我現在就上去看一下狀況，請妳稍等。」

我掛上電話後馬上前往C棟電梯，只要隔著門跟她說一聲「他們都走了，沒事了」就可以了，這是日班大哥教我的萬無一失的方法。

不過這個方法在今天晚上，恐怕派不上用場了……

我坐進C棟電梯裡，跟往常一樣按下八樓的按鈕。

電梯開始往上，顯示幕上的數字開始跳動，二樓、三樓、四樓、五樓、六樓、七樓、七樓、七樓……

七樓？

我抬起頭看著上面的數字，我確定電梯往上的標誌仍在亮著，但樓層數字卻停在了七樓。

接著，我到這個社區工作以來最害怕的事情發生了。

電梯內的燈光無預警的熄滅，連帶著樓層顯示幕、電梯按鈕也全都不亮了，原本轟轟運轉的電梯突然安靜下來。

「哇靠，不會吧!?」

保全自己被鎖在電梯裡，這種事竟然眞的被我遇上了。

由於晚班只有我一個人，所以我用不到對講機，就算按下求救鈕，櫃檯那邊也沒人可以應答。

加上我原本就不打算在樓上久待，所以就沒把手機帶在身上，也就是說我現在根本求助無門，只能等早班大哥來上班之後，才會有人發現我被困在電梯裡。但是離天亮還有四個小時呀！我能在這裡撐這麼久嗎？

黑暗、寂寞、無助的恐懼感一次性往我身上衝擊而來，就在我準備放手一搏，用手強制把電梯門扳開的時候，頭上的燈光突然閃爍幾下，電梯在瞬間恢復了光明，令人懷念的電梯運作聲重新回到耳邊，我差點就要對著電梯按鈕親下去了。

樓層的數字終於改變，由七樓跳到八樓，叮一聲，電梯門打開了。

我像逃命般跨出電梯，心想等等下樓時一定要走樓梯下去，然後明天請日班大哥叫電梯廠商來檢修，這次真的嚇死我了。

剛才的經歷雖然驚險，但我可沒有忘記這次上樓的任務，我走到邱小姐的門口，按了一下電鈴。

「哪一位？」邱小姐的聲音從門後傳出，這次她的反應出乎意料的有禮貌。

「邱小姐，是我，妳剛剛不是打電話來管理室嗎？」我說：「我已經幫妳把那一家人趕走了，妳不用擔心了！」

門後的邱小姐突然不說話了，這種反應對她來說實在很反常，之前幾次她都會隔著門繼續罵我的。

「你是管理員嗎？」邱小姐突然問了這麼一句莫名其妙的話。

「對啊，不是妳打電話叫我上來的嗎？」我說。

「你怎麼會在這裡？」

「我剛剛說過了，是妳打電話請我上來幫忙的啊。」

「我不是問你怎麼『來』的，我是問你怎麼會『在』這裡？」

這時候的我還沒搞清楚邱小姐話中的意思，只覺得她果然還是跟之前一樣，不太正常。

「反正……我已經幫妳把那一家人趕走了，如果還有需要幫忙的請再跟我說。」

我怕邱小姐會提出更多奇怪的要求，我留下這句話後，就急著先下樓回櫃檯了。

不過一想到剛才在電梯裡的驚魂記，我決定走逃生梯下樓比較安全。

就在我準備打開逃生梯門的時候，我聽到了那個聲音。

那是有個男人正在逃生梯裡大聲說話、像是在對某人發脾氣般、破口大罵的聲音，聽起來就像有醉漢正在無差別亂罵經過的每個路人。

這種時間點，是誰會在逃生梯裡瘋言亂語？

「不要走那裡。」邱小姐的聲音說道。

我轉過身，看到邱小姐已經把門打開，露出半張臉盯著我，她說：「不要走逃生梯，你怎麼上來的，就怎麼下去。」

「……好。」我往後退，遠離逃生梯的門，然後走進電梯，按下了一樓的開關。

我也不知道我爲什麼會選擇聽邱小姐的話，她明明是個瘋子不是嗎？但是……剛才的邱小姐給我的感覺，跟之前的邱小姐完全不一樣，感覺就像在跟兩個完全不一樣的人講話。

我坐電梯回到一樓，這次電梯沒有發生故障，但是我總覺得電梯有一部分怪怪的，但一時間又說不出來到底是哪裡怪。

回到櫃檯後，我本來打算好好坐下來休息一下，紓解在樓上受到驚嚇的情緒。

但當我看到櫃檯的畫面時，我的頭腦像直接被一顆子彈擊中、貫穿，思緒跟腦漿一起被攪亂了。

原本的櫃檯上，應該擺著我的筆記型電腦、手機、飲料跟吃到一半的宵夜，但這些東西現在全都消失了，櫃檯桌上只剩幾本凌亂放置的簿冊。

我翻開那些簿冊，裡面的內容都是保全的執勤記錄，但都不是最近的，有三十年前的、也有二十年前、十年前的，這麼久之前的簿冊應該已經不在了，怎麼會出現在桌上？

怪異的不只這點，連監視器畫面也無法正常顯示，每個螢幕都閃爍著雪白片花，看不到畫面。

突然之間，我想起來剛才坐電梯的時候是哪裡不對勁了。

我衝到距離櫃檯最近的A棟電梯，檢查張貼在電梯裡的公告。

果然沒錯，那些全都不是近期的公告，而是從三十年前的公告到十年前的公告都有。

不管是電梯或是櫃檯，好像有人把社區這三十年來的歷史全都塞回去了。

「這是什麼狀況呀……」我蹣跚地回到櫃檯，櫃檯上的東西仍然一樣，各個年代的值勤簿像廣告傳單一樣丟滿整桌，我的手機跟電腦還是沒有回來。

這是怎麼回事？我只是坐個電梯下來，就來到了另一個世界嗎？沒有手機跟電腦也沒關係，到外面去吧，外面一定有人可以幫忙。

我抱著希望往社區外走，但是第一眼看到的景象，馬上讓我的希望破裂了。

在社區大門外面，應該要有一條路燈持續亮著的道路，對面還有一間二十四小時營業的便利商店的……但是現在，社區外面卻是一片黑暗，什麼都沒有。

我再強調一次，是真的什麼都沒有，彷彿整個世界只剩這個社區的燈還亮著，只要走出這個社區一步，就會被黑暗裡的怪獸吞噬。

當然也有另一種可能……那就是只要走入黑暗之中，就可以回到原本的世界。

我抱著這樣的想法，準備步入社區外的黑暗時，一個聲音從後面叫住了我。

「不要走出去，一旦走入黑暗，你就永遠無法回去了。」

是邱小姐的聲音，我轉過頭，邱小姐就站在櫃檯旁邊看著我。

邱小姐身上穿著一套普通的居家服，臉上看起來沒有化妝，但她的膚色慘白，一副隨時都會倒下的模樣。

「我不懂，」我走回社區大廳，用幾乎要崩潰的聲音問：「這裡是……我到底是來到了什麼地方？」

「你還在社區裡，只是這裡是『另一個世界』的社區。」邱小姐由上到下把我打量一遍，說：「你看起來還沒死，還不應該到這裡來。」

「我還沒死，但、但是妳也還沒死呀，我是接到了妳的電話，才……」

「我跟其他人不一樣，我只死了一半，所以才能這樣正常跟你對話。」

「死了一半……妳可以解釋清楚一點嗎？」

「噓……」邱小姐比出手勢，要我不要再發出聲音，她接著抬起頭看向天花板，喃喃說道：「其他死去的人似乎都發現你的存在了，他們正在找你。」

聽到邱小姐的語氣，讓我全身爬滿雞皮疙瘩，因爲她講話的方式，彷彿眞正恐怖的現在才要來臨。

「被他們找到的話，會怎麼樣嗎？」

「你是活人，落到他們手上的話，你的靈魂會被他們撕咬啃碎掉，到時就什麼都不剩了。」

邱小姐以冷靜的態度解說這一切，讓我還沒落到那些人的手裡，心就已經冷一半了。

「跟我來，我告訴你怎麼回去原來的世界。」邱小姐把頭放下來，朝我招了一下手，要我跟著她走。

「嗄？所以有路可以回到原本的世界嗎？」我驚喜地問。

邱小姐不曉得是在耍我還是在玩我，又給了我一個莫名的回答。

「只有一條路，就是去死。」

「這是死者居住的社區，也就是說，在社區死去的人都會來到這裡。」在坐電梯時，邱小姐進一步跟我解釋道：「只有死亡才能來到這裡，也只有死亡才能離開這裡，不過偶爾也會有像你這樣還活著的人不小心跑進來。」

頂樓的樓層鈕亮著，我跟邱小姐正一路坐往C棟的頂樓。

「聽我說，等一下到頂樓之後，你直接往下跳，這樣一來就可以回到原本的世界了。」

邱小姐講這些話時，一樣是一點情緒也沒有，好像完全沒有顧慮到我的感受。

「不對，我還是有地方搞不懂。」我說：「既然從頂樓跳下去也是死，被其他死者找到也是死，請問差在哪裡？」

「你沒有聽清楚我的話，被其他人找到並不會死，但是你的靈魂會被他們撕碎，到時你只能維持破碎的型態留在這裡，永遠無法離開。」邱小姐抬起頭看著電梯樓層，說：「我曾經看過好幾個人變成那樣，你絕對不會想要經歷那種痛苦的。」

但是要從頂樓跳下去，這聽起來感覺也沒有好到哪裡去呀。

電梯顯示終於來到了頂樓，電梯停下來的那一刻，邱小姐整個人渾身一抖，說道：「糟糕，他們都在外面。」

「什麼意思？」

「他們猜到我會把你帶來頂樓，所以都在外面等了。」

邱小姐用嚴厲的眼神瞪著電梯門，當電梯門緩緩打開時，我總算瞭解了她的意思。

現實世界中的邱小姐在電話中跟我提過的那些人，「他們」全都在外面集合好了……

有手上拿著酒瓶，頭破血流的老保全。

有手上抱著自己的頭，看起來像幫派份子的刺青男。

有全身浮腫、滿臉烏黑色，看起來像燒炭而死的一家人。

還有頭上腳下倒立著，像是跳樓而死的小女孩……

邱小姐往前站出一步，轉頭對我說：「我先擋住他們，你直接往旁邊跳，快一點。」

「啊，可、可是……」我看著頂樓的邊緣，心裡還是有一絲恐懼。

「快一點跳，不然你就別想再回去原本的世界了。」

「哇啊！」

在前方聚集著的「他們」，已經察覺到了我跟邱小姐的到來，而開始向我這邊移動。

「快跳下去！」邱小姐再次催促。

在這個關鍵時刻，我想起了山難的經典鬼故事。

男友跟朋友，都堅持對方已經在山難中死了，自己才是人類，等著女主角做出選擇。

而現在，我選擇了相信這個世界裡的邱小姐。

我看準了頂樓的邊緣，拔足狂奔，最後奮力一跳。

電梯裡的燈光閃爍。

我睜開眼睛，電梯門剛好打開，停在八樓處。

我看向手錶，剛才的時間，彷彿只過了一秒不到。

但在這一秒之間，我卻在另一個世界經歷了生死關頭。

我走出電梯，來到邱小姐家門口。

門後的臭罵聲再次傳出時，我沒有感到生氣或無奈，只是靜靜聽她罵著。

因爲她所說的那些事情，並不是天馬行空的幻想，而是在另一個世界，跟眞正的她一起存在著的。

幾個禮拜後，公司依照約定，把我調離了那個社區。

我也是在那之後，才終於查到那社區之前發生過的新聞事件。

日班大哥說過，在邱小姐的眼中，社區是另一個恐怖的世界。

她並沒有錯。

她說，七樓存在著另一個管理室，裡面的保全喜歡在半夜大聲講話，吵她睡覺。

《社區保全半夜躲逃生梯喝酒，竟意外跌落階梯身亡》

九樓有個抱著頭走來走去的人，喜歡到她家門口用保齡球的方式把頭滾向她家的門。

《幫派到平靜社區尋仇！債主慘遭斬首》

十樓住著滿臉烏黑的一家人，這家人會向彼此捅刀，把對方的鮮血塗上自己的臉。

《社會悲歌，欠債父持刀刺死妻兒，燒炭自盡》

還有一個倒立的小女孩會從十一樓爬到八樓的窗戶外面，敲打著邱小姐家的窗戶，說要進去玩。

《想去樓下玩！女孩異想天開爬下樓，竟墜樓身亡》

這些新聞標題，都讓我知道了眞相。

至於邱小姐自己所發生的事件，因爲沒有新聞事件可查，我是在聯絡了邱小姐的父母後才知道的。

那間房子，本來是邱小姐父母買來給她新婚用的，沒想到未婚夫卻在婚前拋棄她，投入小三懷抱。

邱小姐因此在家裡自殺，還好父母及時趕到，雖然救回一命，但精神狀態卻永遠無法恢復了。

這就是邱小姐當時跟我說的，她只死了一半。

還活著且不正常的她，留在了現實世界。

已經死掉但正常的她，則被困在另一個世界。

在社區確定被政府夷爲平地時，那也是我最後一次聯絡邱小姐的父母。

他們說，他們準備把邱小姐帶到國外，之後就在國外生活，畢竟國內環境終究無法接受像她這樣的人，這也是對她最好的安排。

社區被夷爲平地後，我帶上鮮花特地去了一趟，跟另一個世界的邱小姐道謝。

我希望她能聽到，因爲這是對被困在那個世界的她來說，我唯一能夠做的了。

後記

【笭菁】

《詭軼紀事・零：眾鬼閑遊》這是笭菁工作室的第一本作品。

驚不驚喜？意不意外？別說你們了，連我自己都是驚愕非常，我在打這篇後記時，都覺得一切像夢一樣。

話說從頭，我在能力可及的範圍內，都是自己運籌帷幄寫作這份事業，國內有三家電子書也是自己運營；今年初天馬行空的想到在鬼月可以辦個電子書驚悚小說聯展，就找熟的作者們來玩，結果這件事因爲大家的電子書版權都在出版社手上而告終。

但我卻有種企劃不得行的惋惜感，轉念一想：聯展不行，那聯手寫本短篇合集總行了吧？想想我們同類型作者們也幾百年（並沒有）沒有寫合集了啊！

既然我能掌握的只有三家電子書，那就只在這三間電子書裡上架！我便尋找熟識的作者，大家一起在鬼月時眞的合寫了一本《淒月》，系哩！正是本書的前身，作者組合爲：龍雲、星子、尾巴Misa及我。

只是電子書消息一出來，奇幻基地立即聯繫我，詢問是否有要出實體書的打算？我聽了只是錯愕——我玩票性的企劃怎麼可能會肖想實體書這種東西呢？而且我開設工作室是爲了稅務，我又不是什麼出版社哈哈哈……

嗯，然後這本書已經由你們捧在手裡了。（汗）

人生眞的處處是意外，我這次連插柳的意圖都沒有，但有人幫我將柳樹苗栽進土裡了！

《淒月》中星子老師的短篇，未來將收集在他的作品中，這是因爲《淒月》從未有實體書的打算，所以星子老師之前便已向他的出版社承諾收錄，這很正常，所以之前我一再強調，《淒月》電子書的組合是絕無僅有，鬼月一下架就是永遠絕版了。

而現在，各位拿著的《詭軼紀事・零：眾鬼閑遊》，作者是由龍雲、尾巴Misa、御我、路邊攤及我組成，龍雲、尾巴Misa跟我的故事，便是在《淒月》中的故事，我的部分稍有調整修改而已；御我與路邊攤的作品，便是應景的萬聖節之作。

無論是之前的《淒月》、或是現在變成實體書的《眾鬼閑遊》，跨越各出版社的作者們，大家一起無壓力快樂的合寫一本短篇故事，過程愉快且自在，還有一種好久不見的感覺！如果是因此初認識的作者那更好，同在寫作路上，多認識一個朋友更好哇！

而聰明的你或許也發現，這本書名爲《詭軼紀事・零：眾鬼閑遊》，第零集是什麼意思？是否有一？二？三……

我們不賣關子的，在這裡就可以鄭重宣布：是的，《詭軼紀事》將以短篇合集的方式繼續出現，二〇二一年將有更令人驚喜的純驚悚作家合寫的短篇合集喔！

眞沒想到一閃而過的小想法，最後會有這樣的轉折，二〇二一年將有意想不到的企劃，甚至不限驚悚一種類型，每個作者都會在笭菁工作室這兒跨界會合！

敬請期待，也希望大家能多多支持啦！

最後，眞的眞的萬分感謝購買這本書的您們，購書才是對作者最實質且直接的支持，沒有您們的購書，作者便無法繼續書寫下去，謝謝！

【龍雲】

大家好，我是龍雲，很高興在這邊跟大家見面。這次很榮幸跟各位作者一起合寫短篇故事。在寫這篇後記的時候，我的生活有了巨大的改變，也算是鬼門關前走了一回，希望大家會喜歡，畢竟這也算是用命寫下的故事啊……

【尾巴Misa】

好久沒有玩這樣子的合集了，覺得新鮮又懷念。

感謝在電子書時支持的讀者，有機會成書更是感到驚喜不已，謝謝你們讓這一切變成可能。

說到鬼月，以前總是會很擔心害怕，也會想一堆禁忌，還會經擔心半夜晒衣服會把鬼晒上去。

但是隨著年紀增加，感受到人比鬼可怕的眞理後，就覺得算了吧，現實中，可是有更多事情讓我們擔憂的呀！

所以大家別怕，故事是故事，人生是人生，讓我們繼續徜徉在這綺麗世界之中，閱讀文字書海。

最後，希望多一點人看鬼故事啦XD

【御我】

大家好，我是御我，本業是架空奇幻類作家，但常常喜歡不務正業寫寫不同類型的故事，超高興能加入這次的鬼故事合集，這樣以後我也能自稱是鬼故事作家了吧（並不能）。

這次故事的主題是萬聖節，對於御我這個從來沒在過萬聖節（也沒在過聖誕節）的人來說眞是個大難題啊！

研究了一下，還是決定以最熟悉的南瓜和討糖來作爲故事主題，希望大家會喜歡南瓜人的故事，呃，這麼說好像有點怪，畢竟這是篇關於霸凌的悲傷故事，但還是希望大家會喜歡這篇帶著悲傷的鬼故事。

故事最後出現的神祕三人組，姜子牙、路揚和林芝香，其實是另一篇故事，幻虛眞系列的主角群，如果大家喜歡他們的話，歡迎到幻虛眞系列拜訪這三個傢伙。

【路邊攤】

夜班保全到底是怎樣的一個工作？

許多恐怖電影的開頭，幾乎都是從夜班保全巡邏、領便當之後開始的，感覺保全這行業就是跟恐怖作品脫不了關係。

這並不是我第一次以保全爲題材來寫故事，但卻是第一次寫得比較詳細、身歷其境的。

保全是一件很特殊的工作，在民眾眼中是個入行門檻低、看起來輕鬆愉快的工作，但是親身進入這行之後，才發現把這行做好眞的不簡單，特別是晚上各種突發狀況常常在考驗我們保全的十八般武藝，除了幫忙抓鬼之外，所有狀況都會遇到，若要認眞說出來其實也是可以寫一本職人小說。

通常很多人聽到我是夜班保全後，常會以爲我做這個工作的原因是想透過半夜發生的靈異事件來找靈感，不過說實話，我目前在保全生涯的靈異體驗還是零，不過這份工作確實在靈感方面給了我許多幫助。

一開始會想當夜班保全，是因爲晚上有足夠的私人時間可以拿出電腦寫作，但沒想到透過監視器螢幕跟住戶經過櫃檯時的互動，也讓我暗自收集了不少精彩的小故事，不過在這次所寫的故事中並沒有用到。

我想那些精采的小故事……應該要等到我脫離保全行業後，才會眞正出現在作品中了。

國家圖書館出版品預行編目資料

詭軼紀事 ・ 零：眾鬼閑遊 / 箏菁、龍雲、尾巴Misa、御我、路邊攤著 .-- 初版 .-- 台北市：奇幻基地出版；家庭傳媒城邦分公司發行；2020.11（民109.11）
面：公分 .--（境外之城：113）
ISBN 978-986-99310-5-2（平裝）

863.57 109015358

本書中文繁體字版由箏菁工作室授權奇幻基地在全球獨家出版、發行。

ISBN 978-986-99310-5-2

Printed in Taiwan.

※ 本故事內容純屬虛構，如有雷同，純屬巧合。

城邦讀書花園
www.cite.com.tw

境外之城 **113**

詭軼紀事・零：眾鬼閑遊

作　　者 / 箏菁、龍雲、尾巴Misa、御我、路邊攤
企畫選書人 / 張世國
責 任 編 輯 / 張世國
發　行　人 / 何飛鵬
副 總 編 輯 / 王雪莉
業 務 經 理 / 李振東
行 銷 企 劃 / 陳姿億
資深版權專員 / 許儀盈
版權行政暨數位業務專員 / 陳玉鈴
法 律 顧 問 / 元禾法律事務所　王子文律師
出版 / 奇幻基地出版
城邦文化事業股份有限公司
台北市 104 民生東路二段 141 號 8 樓
電話：(02)25007008　傳眞：(02)25027676
網址：www.ffoundation.com.tw
e-mail：ffoundation@cite.com.tw
發行 / 英屬蓋曼群島商家庭傳媒股份有限公司城邦分公司
台北市 104 民生東路二段 141 號11 樓
書虫客服服務專線：(02)25007718・(02)25007719
24 小時傳眞服務：(02)25170999・(02)25001991
服務時間：週一至週五09:30-12:00・13:30-17:00
郵撥帳號：19863813　戶名：書虫股份有限公司
讀者服務信箱 E-mail：service@readingclub.com.tw
歡迎光臨城邦讀書花園 網址：www.cite.com.tw
香港發行所 / 城邦（香港）出版集團有限公司
香港灣仔駱克道 193 號東超商業中心 1 樓
電話：(852) 2508-6231 傳眞：(852) 2578-9337
馬新發行所 / 城邦（馬新）出版集團
【Cite(M)Sdn. Bhd.(458372U)】
11, Jalan 30D/146, Desa Tasik,
Sungai Besi, 57000 Kuala Lumpur, Malaysia.
電話：(603) 90578822　傳眞：(603) 90576622

封面版型設計 / 邱哥工作室
排　　版 / 極翔企業有限公司
印　　刷 / 高典印刷有限公司
■2020 年（民 109）10 月 29 日初版一刷
■2023 年（民 112）7 月 6 日初版4.5刷

售價 / 320元

104台北市民生東路二段141號11樓

英屬蓋曼群島商家庭傳媒股份有限公司城邦分公司 收

請沿虛線對摺，謝謝

每個人都有一本奇幻文學的啓蒙書

奇幻基地官網：http://www.ffoundation.com.tw
奇幻基地粉絲團：http://www.facebook.com/ffoundation

書號：**1HO113**　　書名：詭軼紀事・零：衆鬼閑遊

請於此處用膠水黏貼

讀者回函卡

謝謝您購買我們出版的書籍！請費心填寫此回函卡，我們將不定期寄上城邦集團最新的出版訊息。

姓名：＿＿＿＿＿＿＿＿＿＿＿＿＿＿　性別：□男　□女

生日：西元＿＿＿＿＿年＿＿＿＿＿月＿＿＿＿＿日

地址：＿＿＿＿＿＿＿＿＿＿＿＿＿＿＿＿＿＿

聯絡電話：＿＿＿＿＿＿＿＿＿傳真：＿＿＿＿＿＿＿＿＿

E-mail：＿＿＿＿＿＿＿＿＿＿＿＿＿＿＿＿＿＿

學歷：□1.小學　□2.國中　□3.高中　□4.大專　□5.研究所以上

職業：□1.學生　□2.軍公教　□3.服務　□4.金融　□5.製造　□6.資訊

□7.傳播　□8.自由業　□9.農漁牧　□10.家管　□11.退休

□12.其他＿＿＿＿＿＿＿＿＿＿＿＿＿＿＿＿

您從何種方式得知本書消息？

□1.書店　□2.網路　□3.報紙　□4.雜誌　□5.廣播　□6.電視

□7.親友推薦　□8.其他＿＿＿＿＿＿＿＿＿＿＿＿

您通常以何種方式購書？

□1.書店　□2.網路　□3.傳真訂購　□4.郵局劃撥　□5.其他

您購買本書的原因是（單選）

□1.封面吸引人　□2.內容豐富　□3.價格合理

您喜歡以下哪一種類型的書籍？（可複選）

□1.科幻　□2.魔法奇幻　□3.恐怖　□4.偵探推理

□5.實用類型工具書籍

為提供訂購、行銷、客戶管理或其他合於營業登記項目或章程所定業務之目的，英屬蓋曼群島商家庭傳媒（股）公司城邦分公司，於本集團之營運期間及地區內，將以電郵、傳真、電話、簡訊、郵寄或其他公告方式利用您提供之資料（資料類別：C001、C002、C003、C011等）。利用對象除本集團外，亦可能包括相關服務的協力機構。如您有依個資法第三條或其他需服務之處，得致電本公司客服中心電話 (02)25007718請求協助。相關資料如為非必要項目，不提供亦不影響您的權益。

1. C001辨識個人者：如消費者之姓名、地址、電話、電子郵件等資訊。
2. C002辨識財務者：如信用卡或轉帳帳戶資訊。
3. C003政府資料中之辨識者：如身分證字號或護照號碼（外國人）。
4. C011個人描述：如性別、國籍、出生年月日。

對我們的建議：＿＿＿＿＿＿＿＿＿＿＿＿＿＿＿＿

＿＿＿＿＿＿＿＿＿＿＿＿＿＿＿＿

＿＿＿＿＿＿＿＿＿＿＿＿＿＿＿＿

請於此處用膠水黏貼